Genel Yayın: 3336

STEFAN ZWEIG
KORKU

ÖZGÜN ADI
ANGST

SERTİFİKA NO: 40077

EDİTÖR
GAMZE VARIM

GÖRSEL YÖNETMEN
BİROL BAYRAM

DÜZELTİ
MEHMET CELEP

GRAFİK TASARIM VE UYGULAMA
TÜRKİYE İŞ BANKASI KÜLTÜR YAYINLARI

1. BASIM TEMMUZ 2015, İSTANBUL
25. BASIM AĞUSTOS 2024, İSTANBUL

ISBN 978-605-332-501-7

BASKI: UMUT KAĞITÇILIK SANAYİ VE TİCARET LTD. ŞTİ.
Keresteciler Sitesi Fatih Caddesi Yüksek Sokak No: 11/1 Merter Güngören/İstanbul
Tel. (0212) 637 04 11 Sertifika No: 45162

TÜRKİYE İŞ BANKASI KÜLTÜR YAYINLARI
İstiklal Caddesi, Meşelik Sokak No: 2/4 Beyoğlu 34433 İstanbul
Tel. (0212) 252 39 91 Faks (0212) 252 39 95
e-posta: info@iskultur.com.tr
www.iskultur.com.tr

ÇEVİREN: İLKNUR İGAN

1959 yılında İstanbul'da doğdu. Avusturya Kız Lisesi, Devlet Güzel Sanatlar Akademisi Uygulamalı Endüstri Sanatları Yüksek Okulu, İÜ Alman Dili ve Edebiyatı Bölümü, Köln Üniversitesi Germanistik Bölümü'nde öğrenim gördü. 1986-1991 yılları arasında Köln'de Almanya'nın Sesi Radyosu'nda yapımcı ve çevirmen olarak görev aldı. Heinrich Böll, Heinrich Mann, Franz Kafka, Stefan Zweig, Joseph Roth, Lou Andreas-Salomé, Uwe Timm, Bernhard Schlink, Christa Wolf, Arno Gruen gibi yazarların yapıtlarını dilimize kazandırdı.

Modern
Klasikler
Dizisi - 57

Stefan Zweig

Korku

Almanca aslından
çeviren: İlknur İgan

TÜRKİYE İŞ BANKASI
Kültür Yayınları

Bayan Irene âşığının dairesinden çıkıp merdivenlerden aşağı inerken birden yine o anlamsız korkuya kapıldı. Gözlerinin önünde kara bir topaç vınlayarak dönmeye başladı; dizleri katılaştı, dehşetle donup kaldı. Aniden kapaklanmamak için hemen parmaklığa tutunması gerekti. Bu tehlikeli ziyareti ilk kez yapmıyordu, bu ani ürpertiye hiç yabancı değildi, yine de içinden ne kadar dirense de evine dönerken her seferinde nedensiz yere bu saçma ve gülünç korku nöbetine yenik düşüyordu. Randevuya gitmesi daha kolaydı. Arabayı sokağın başında durduruyor, sağına soluna bakmadan birkaç adımda apartmanın kapısına geliyor ve merdiveni hızla çıkıyordu, zaten hemen açılan kapının ardında beklendiğini biliyordu ve içine biraz sabırsızlığın da karıştığı bu ilk korku bir hoş geldin kucaklamasının sıcaklığında dağılıp gidiyordu. Fakat sonra, eve gitmeye hazırlandığında, o gizemli dehşet duygusu tekrar kabararak Irene'yi üşütüyordu, suçluluğun ürpertisiyle bu duyguya biraz da anlamsız bir delilik karışıyor, sokakta herkesin nereden geldiğini anlayacağını ve şaşkınlığı karşısında yüzüne küstahça güleceklerini sanıyordu. Âşığının yanında geçirdiği son dakikalar bu önsezinin giderek artan huzursuzluğuyla zehirleniyordu;

içindeki gitme sabırsızlığıyla elleri asabi bir telaşla titremeye başlıyor, âşığının sözlerini dalgınlıkla dinliyor ve tutkusunun son belirtilerini aceleyle geri çeviriyordu; o anlarda tüm benliğiyle oradan uzaklaşmak, bir an önce gitmek, o evden, o binadan, o maceradan çıkıp kendi sakin, burjuva dünyasına geri dönmek istiyordu. Kendi bakışlarındaki güvensizliği görme korkusuyla aynaya bakmaya cesaret edemiyordu, ama üstünde başında yaşadığı tutkulu saatleri ele veren bir iz kalmış mı diye bakması gerekiyordu. Sonra sıra, âşığının onu avutmak için boş yere söylediği avutucu sözlere geliyordu, heyecandan onları duymuyordu bile ve bir an kapının ardında durup merdivenden inip çıkan var mı diye kulak kabartıyordu. Fakat dışarıda korku, pençesini geçirmek için sabırsızlanarak onu beklemekte oluyordu ve yüreğini öyle bir güçle sıkıştırıyordu ki, birkaç basamağı inene kadar nefesinin daraldığını, zorlukla topladığı gücünün tükendiğini hissediyordu.

Bir dakika kadar gözleri kapalı, öylece durdu ve merdiven sahanlığının loş serinliğini hırsla içine çekti. O sırada üst katta bir kapı kapandı, Bayan Irene korkuyla toparlandı ve yüzündeki kalın tülü elinde olmadan biraz daha sıkılayarak basamakları hızla indi. Şimdi onu, o en son ve en korkunç an bekliyordu, o yabancı apartmanın kapısından sokağa çıkmanın dehşetini yaşadı; belki de oradan geçmekte olan bir tanıdık merakla nereden geldiğini soracak ve şaşkınlıkla yalan söylemek zorunda kalacaktı. Koşu öncesinde hız alan bir atlet gibi başını eğdi ve ani bir kararla aralık kapıya yöneldi.

Anlaşılan tam o sırada içeri girmek isteyen bir kadınla sertçe çarpıştılar. Sıkılarak “Pardon,” dedi ve hemen geçip gitmek istedi. Fakat kadın kapının önüne geçip yolunu kapatarak Irene’ye öfkeyle ve gizlemediği bir aşağılamayla baktı. "Hah, sonunda yakaladım işte!" diye kaba bir tonda patavatsızca bağırdı. "Elbette, siz namuslu bir kadınsınız değil mi, sözüm ona! Bir koca, onca para ve sahip olduğunuz her şey yetmiyor, bir de zavallı bir kızın erkeğini baştan çıkarıyorsunuz..."

"Tanrı aşkına... neyiniz var sizin... Yanılıyorsunuz..." diye kekeledi Bayan Irene ve geçip gitmek için beceriksizce bir girişimde bulundu, fakat iriyarı bedeniyle kapıyı kapatmış olan kadın şirretçe karşılık verdi: "Hayır, hayır yanılmıyorum... sizi tanıyorum... Eduard'dan geliyorsunuz, benim erkek arkadaşımın yanından... Sonunda yakaladım sizi işte, son zamanlarda bana niçin o kadar az zaman ayırdığını şimdi anlıyorum... sizin yüzünüzden demek ki... sizi adi!.."

"Tanrı aşkına," diye ölgünleşen bir sesle onun sözünü kesti Bayan Irene, "böyle bağırmayın." Ve ister istemez sahanlığa doğru geriledi. Kadın ona alayla baktı. Korkudan titreyen hali, gözle görünen çaresizliği hoşuna gitmişti sanki, çünkü şimdi kendinden emin, alaycı ve hoşnut bir gülümsemeyle kurbanını süzüyordu. Sesi, aldığı adice hazla ağırlaşmış, adeta keyfi yerine gelmişti.

"Demek evli hanımlar, asil ve kibar hanımlar, bir başkasının erkeğini çalmaya gittiklerinde böyle giyiniyorlar. Yüzleri gizli, tülle örtülü... elbette, sonradan yine namuslu kadını oynayacaklar ya..."

"Siz... siz benden ne istiyorsunuz?.. Sizi tanımıyorum bile... Benim gitmem gerek..."

"Elbette gitmelisiniz... eşiniz beyefendinin yanına... sıcak yuvanıza gitmeli, asil hanımefendi rolüne bürünmeli ve üstünüzdekileri çıkarttırmak için hizmetçilerinizi çağırmalısınız... Ama bizim gibiler ne haldedir, açlıktan gebermek üzere midirler, kibar hanımlar böyle şeylere aldırmaz... Elimizde kalan son şeyi, erkeğimizi de çalıverirler..."

Irene birden kendini toparladı ve belli belirsiz bir sezgiye uyarak elini para çantasına götürdü, ilk eline gelen kâğıt paraları çekip aldı. "Buyurun... buyurun alın... ama artık bırakın geçeyim... Buraya bir daha asla uğramayacağım... size söz veriyorum."

Kadın kötü kötü bakarak parayı aldı. "Şıllık," diye mırıldandı bu arada. Bayan Irene bu lafı duyduğunda gerildi, fakat bu arada kadının kapıdan çekildiğini görünce, intihar eden birinin kendini kuleden atması gibi, nefesi kesilerek, yüreği daralarak dışarı fırladı. Hızla yürürken yanından geçip giden yüzleri çarpılmış maskeler gibi algıladı ve gözleri kararak köşede duran bir arabaya kadar sürüklenircesine yürüyüp kendini içeri zor attı. Bedenini yastıkların üzerine bir külçe gibi bıraktı, sonra içindeki her şey dondu ve kıpırtısız kaldı, sürücü sonunda hayretle bu tuhaf yolcuya nereye gitmek istediğini sorduğunda Irene, bloke olmuş beyni adamın söylediklerini kavrayana kadar bir süre bomboş baktı. Sonra "Güney Garı'na," dedi çabucak ve aniden kadının kendisini izleyebileceği düşüncesine kapılarak "Acele edin," diye ekledi, "lütfen acele edin!"

Bu karşılaşmanın yüreğini ne kadar ezmiş olduğunu ancak yola çıktıktan sonra hissetti. Bedenine asılı iki soğuk ve cansız nesne gibi kaskatı duran ellerini yokladı ve bir anda sarsılarak titremeye başladı. Boğazından acı bir şeyler yükseliyor, kusacak gibi oluyor, aynı zamanda da göğsünü yerinden söken bir kasılma hissiyle anlamsız ve kör bir öfke hissediyordu. Beynine bir olta iğnesi gibi sıkıca saplanmış duran bu anının dehşetinden kurtulmak için çığlık atmak veya etrafına yumruklar savurmak, alaycı gülüşüyle o berbat yüzü, kadının pis nefesinden yükselen o bayağılık kokusunu, yüzüne karşı nefretle aşağılık laflar savuran o ahlaksız ağzını, tehditle salladığı morarmış yumruğunu unutmak istiyordu. Bulantı duygusu giderek artıyor, boğazındaki yumru daha da yükseliyor, üstelik hızla giden arabada sağa sola savruluyordu; tam şoföre biraz yavaşlamasını söyleyecekti ki, belki de taksi ücretini ödeyecek kadar parası kalmamış olabileceği aklına geldi, bütün kâğıt paralarını o şantajcıya vermişti. Şoföre hemen durmasını işaret etti ve adamı tekrar hayrete düşürerek birden arabadan iniverdi. Kalan para neyse ki yetti. Fakat bu kez de kendisini yabancı bir mahallede, telaşla itişip kakışarak koşturan insanların arasında buldu; bütün davranışları, bütün konuşmaları Irene'ye neredeyse fiziksel bir acı veriyordu. Korkudan dizlerinin bağı çözülmüştü, adım atmakta zorlanıyordu, fakat eve dönmek zorundaydı. Tüm gücünü topladı ve bir bataklıkta veya diz boyu karda yürüyormuş gibi insanüstü bir gayret sarf ederek sokak sokak ilerledi. Sonunda evine vardı ve asabi bir telaşla merdivene atılmışken, huzursuzluğuyla dikkat çekmemek için yavaşlayıp yukarı öyle çıktı.

Ancak hizmetçi kız mantosunu aldıktan sonra, yan odada küçük kızının ağabeyiyle şen şakrak oyun oynadığını duyduğunda ve sakinleşen bakışları her tarafta kendine ait şeyleri algıladığında bir korunmuşluk ve aidiyet hissetti, görünüşte sükûnetini yeniden kazandı, ama heyecan dalgaları içten içe hâlâ tedirgin göğsüne çarpıp duruyordu. Tülünü çıkardı, sakin görünmeye iyice kararlı olarak yüzünü pudraladı ve yemek odasına girdi, kocası akşam yemeği için hazırlanmış masanın başında gazete okuyordu.

"Geç kaldın, Irene'ciğim," dedi hafif bir sitemle ve kalkıp karısını yanağından öptü, bu öpücük kadında sıkıntılı bir utanç hissi doğurdu. Masaya oturdular, adam gözünü gazetesinden ayırmadan kayıtsızlıkla sordu: "Bunca zaman neredeydin?"

"Ben... Amélie'yle beraberdim... alışverişe çıkacaktı... ben de onunla gittim," diye açıklamaya girişti. Bu kadar kötü bir yalan uydurarak düşüncesizlik ettiği için daha o anda kendine kızmıştı. Diğer zamanlarda hep inceden inceye düşünür, bütün kontrol olasılıklarını göz önünde bulundurarak bir yalan hazırlardı, ne var ki o akşam korkudan bunu unutmuş ve anında beceriksizce bir şeyler uydurmak zorunda kalmıştı. Kocası geçenlerde tiyatroda izledikleri bir oyundaki gibi arkadaşına telefon edip sorarsa ne yapacağını düşündü.

"Neyin var senin?.. Gergin görünüyorsun... hem şapkanı niçin çıkarmadın?" diye sordu kocası. Şaşkınlığının bir kez daha fark edilmiş olması Irene'yi irkiltti, hemen kalkıp şapkasını çıkarmaya odasına gitti, aynanın karşısına geçip tedirgin gözlerinin içine baktı, bakışlarının yeniden güven ve kararlılık kazandığını görünceye kadar öyle bekledi. Sonra tekrar yemek odasına döndü.

Kız yemeği getirdi ve o akşam da, diğer bütün akşamlar gibi geçti, belki biraz daha az konuştular, pek neşeleri yoktu; sönük, zoraki sohbetleri sık sık kesiliyordu. Irene düşüncelerinde durmadan geriye dönüyor, kadının karşısına çıktığı o tatsız anı, o iğrenç şantajcıyı hatırladığında içi dehşetle katılaşıp kalıyordu. O zaman kendini korunmuş hissetmek için başını kaldırıyor, her biri bir anlam ve anıya bağlı olarak odaya yerleştirilmiş eşyalara tek tek dokunuyor, onların yakınlıklarıyla rahatlıyor ve tekrar biraz huzur buluyordu. Çelik adımlarıyla sessizliğin içinde ağır ağır ilerleyen duvar saati, düzenli, tasasız ve güvenli ritminden bir şeyleri, belli etmeden Irene'nin yüreğine de aktarıyordu.

Ertesi sabah kocası avukatlık bürosuna, çocuklar da gezmeye gittiklerinde nihayet kendi başına kalan Irene, berrak öğle öncesi ışığında dün yaşadığı dehşet verici karşılaşmayı tekrar gözden geçirdiğinde korkusu epey hafifledi. Bayan Irene öncelikle tülünün çok kalın olduğunu ve o kişinin yüz hatlarını tam olarak seçip de tekrar gördüğünde onu tanımasının olanaksız olduğunu düşündü. Artık bundan kaçınmak için gerekli önlemleri sakince düşünebilirdi. Âşığını bir daha evinde kesinlikle ziyaret etmeyecek ve böylece bir baskın olasılığı tamamen ortadan kalkmış olacaktı. Geriye sadece, bu kişiyle tesadüfen karşılaşma riski kalıyordu, ama bu da pek mümkün değildi, çünkü hemen arabaya binerek oradan kaçtığı için izlenmiş olamazdı. İsmini ve evini bilmiyordu, yüzünü ancak belli belirsiz görmüştü, bu durumda kendisini kesin bir şekilde tanıyabileceğinden korkmasına da gerek yoktu. Fakat bu fazla uzak olasılık için bile hazırlıklıydı Bayan Irene. Bir kere korkunun kıskacından kurtulunca, hemen sükûnetini korumaya, her şeyi inkâr etmeye ve soğukkanlılıkla bir yanlışlık olduğunu öne sürmeye karar verdi, ziyaretini kanıtlayacak başka bir delil bulunamayacağından o kadını da şantaj yapmakla suçlayacaktı. Başkentin en önemli avukatlarından birinin karısı olması boşuna mıydı? Kocasının meslektaşlarıyla konuşmalarından gayet iyi biliyordu ki, şantajı bastırmak için anında ve büyük bir soğukkanlılıkla harekete geçmek gerekirdi ve tehdit edilenin göstereceği her huzursuzluk belirtisi, şantajcının üstünlüğünü artırmaktan başka bir şeye yaramazdı.

Aldığı ilk önlem âşığına kısa bir mektup yazarak yarın kararlaştırdıkları saatte gelemeyeceğini bildirmek oldu, daha sonraki günlerde de gidemeyecekti. İlk kez yazısını değiştirerek yazdığı bu mektubu bir kez daha okuduğunda biraz soğuk buldu ve hemen daha samimi sözcüklerle değiştirmek istediyse de dünkü karşılaşmayı hatırlar hatırlamaz duyduğu derin öfkeden, satırlarındaki soğukluğun bilinçdışı nedenini anladı. Âşığının kendinden önce böylesine aşağılık ve rezil bir kadına ilgi göstermiş olması gururunu incitmişti, şimdi sözcüklerini daha kindar bir duyguyla gözden geçirdiğinde, ona gideceği tarihi kendi keyfine göre açık bırakırken kullandığı o intikamcı ve soğuk ifadeden hoşnut kaldı.

Küçük bir çevre içinde tanınan bir piyanist olan bu gençle bir gece toplantısı sırasında tesadüfen tanışmış ve kısa bir süre sonra, aslında pek de istemeden ve nasıl olduğunu da tam anlayamadan onun metresi oluvermişti. Ne kanı kanına ısınmış ne de ruhsal veya bedensel anlamda ona bağlanmıştı. Kendini ona gerçek bir ihtiyaç veya büyük bir hayranlık duymadan teslim etmişti, biraz istemine karşı direnç gösterme tembelliğinden, biraz da tedirgin edici bir merak yüzünden. Ruhunda bir âşık edinme gereksinimi yaratacak bir neden yoktu, evliliği mutlu ve doyumluydu, kadınlarda çok görülen manevi bakımdan körelme gibi bir şikâyeti de olmamıştı. Kültürel olarak kendisinden üstün, varlıklı kocasının, iki çocuğunun yanında tembel ve mutlu bir korunmuşluk içinde rahat, refah içinde, son derece sakin bir hayat yaşıyordu. Fakat fırtına veya bunaltıcı sıcak kadar, havanın durgunluğu da insanı rahatsız edebilir, aynı şekilde ılımlı bir mutluluk da talihsizlik kadar kışkırtıcı olabilir ve isteksizlik çeken pek çok kadın için, umutsuzluğun getirdiği sürekli bir doyumsuzluktan daha tekinsizdir. Tokluk da açlıktan daha az kışkırtıcı değildir. Irene'de macera merakını uyandıran da hayatının tehlikesiz ve güvenli oluşuydu. Yaşadığı ortamda onu zorlayan hiçbir şey yoktu. Elini nereye atsa pürüzsüzdü, bütün hayatı özenle, şefkatle, sevgiyle ve evcimen bir rahatlıkla sarmalanmıştı; Irene, varoluştaki bu ölçülülüğün hiçbir zaman dış kıstaslara vurulamayacağını, aksine insanın içiyle ilişkisizliğinin bir yansıması olduğunu fark etmeksizin kendini bir şekilde bu rahatlık tarafından kandırılmış ve gerçek yaşamdan uzaklaştırılmış hissediyordu.

Evliliğin ilk yıllarının dostane yatıştırıcılığı ve genç anne oluşun oyunsu çekiciliğiyle solgunlaşmış olan büyük aşka ve baş döndüren duygulara dair genç kızlık hayalleri, Irene otuzlu yaşlarına yaklaşırken yeniden canlanmaya başladı. O da her kadın gibi kendini büyük tutkulara layık görüyor, ama bunu göze alma cesaretini gösteremiyordu, oysa maceranın gerçek bedeli tehlikeye atılabilmektir. İşte hoşnutluğunu kendi başına çoğaltamadığı böyle bir zamanda, bu genç adam, saklamadığı güçlü bir hayranlıkla ona yaklaşarak sanatın romantizmine bürünmüş olarak Irene'nin burjuva dünyasına adımını attığında genç kızlık günlerinden beri ilk kez ruhunun derinlerinden etkilendiğini hissetti. Onun dünyasındaki erkekler normalde Irene'de gördükleri "güzel kadın" imajını sıkıcı espriler ve küçük flörtleşmelerle överken içindeki dişiye gerçek bir ilgi göstermezlerdi. Genç adamda onu çeken, fazlasıyla ilginç hatlara sahip yüzündeki hafif bir hüzün gölgesiydi belki de; ancak bu hüznü ve melankoliyle ağırlaşan o düşünceli halini de sanatının teknik yanı gibi alıştırmayla edinmiş olup olmadığının ayrımını yapamıyordu. Etrafını rahatı yerinde orta sınıf insanları tarafından çevrilmiş hisseden Irene bu hüzünde daha üstün bir dünyanın tasavvurunu gördü, kitaplardan tanıdığı ve tiyatrodan romantizmini bildiği bu dünyayı seyretmek için, ister istemez kendi gündelik yaşantısının kıyısından eğilerek baktı. O an hissedilen hayranlıkla söylenen, belki de yakışık alacağından biraz daha hararetli bir övgü sözcüğü piyanistin başını kaldırıp kadına bakmasına neden oldu ve daha ilk bakışıyla Irene'yi buldu. Genç kadın korktu, ama aynı zamanda da korkunun şehvetini hissetti. Irene'ye her şeyin karanlıkta içinden ışıdığı duygusu veren hararetli bir sohbet, zaten uyanmış olan merakını öylesine meşgul etmiş ve kışkırtmıştı ki, onunla başka bir konserde tekrar karşı karşıya gelmekten kaçınmadı. Sonra birbirlerini daha sık gördüler, çok geçmeden görüşmeleri bir rastlantı olmaktan çıktı. O zamana kadar sahip olduğu müzik bilgisine pek güvenmeyen ve sanat duygusunu da fazla önemsemeyen Irene'de, gerçek bir sanatçının, onun yol göstericiliğine ve anlayışına önem verdiğini tekrar tekrar belirtmesi güven yarattı ve birkaç hafta sonra genç adam son eserini evinde sadece ona çalmayı önerdiğinde bunu kabul etti. Genç adamın önerisi yarı yarıya içtendi belki de, ama öpücüklerle ve ardından Irene'nin ne olduğunu anlayamadan ona teslim olmasıyla unutuldu gitti. İlk duygusu, şehvete doğru bu beklenmedik geçişin verdiği korku oldu, ilişkilerini sarmalayan gizemli ürperti aniden dağılmıştı. Evliliğine iradesizce ihanet etmiş olmanın suçluluk bilincini kısmen hafifletense, içinde yaşadığı burjuva âlemini ilk kez kendi kararıyla –böyle olduğuna inanıyordu– yadsımış olmanın verdiği iç gıcıklayıcı kendinden hoşnutluk duygusuydu. Kendi kötülüğü karşısında duyduğu dehşetin ilk günlerdeki ürkütücülüğü giderek, bu hoşnutluk duygusuyla artan bir gurura dönüştü. Ne var ki, bu gizemli heyecanlar sadece ilk zamanlarda tam bir gerilim yaşattılar. İçgüdüleri içten içe bu insana karşı ve öncelikle de, onda asıl merakını çekmiş olan yeniliğe ve farklılığa karşı direnç halindeydi. Giyim tarzının aykırılığı, evindeki Çingenelere özgü hava, güvenli bir gelire sahip olmayışı, israf ve kısıtlanma arasında sürekli gidip gelişi, Irene'nin burjuva anlayışı için iticiydi; çoğu kadın gibi o da sanatçıları uzaktan çok romantik, kişisel ilişkilerde çok nazik görmek istiyordu, ama göreneklerin demir parmaklıklarının arkasından, onlar göz alıcı vahşi yaratıklardı. Genç adamın sanatı karşısında duyduğu tutku bedensel yakınlaşma sırasında rahatsız ediyordu, bu ani ve şiddetli kucaklayışlardan aslında hoşlanmıyor, başına buyruk dizginsizliklerini ister istemez kocasının yıllardan sonra hâlâ çekingen ve saygılı tutkusuyla karşılaştırıyordu. Fakat bir kez sadakatsizlik yapmışken, ne mutluluk ne de hayal kırıklığı duyarak, bir görev duygusu ve alışkanlığın verdiği bir tür tembellikle bu genç adama gitmeyi sürdürdü. Hafif kadınların, hatta sokak kadınlarının arasında bile sıkça rastlandığı gibi, her şeyi, ihaneti bile bir düzene sokmak isteyen, kaçamaklara bir tür evcillik katmaya ve en aykırı duyguya bile sabırla gündelik bir maske geçirmeye çalışan, içlerindeki burjuvalık duygusunun çok güçlü olduğu o kadınlardandı Irene de. Birkaç hafta sonra âşığını yaşamının belli bir yerine dikkatlice yerleştirmiş, eşinin ailesiyle görüşürken de yaptığı gibi ona haftada bir gün belirlemiş, ama bu yeni ilişki için eski düzeninden hiç ödün vermemişti, sanki yaşamına bir ölçüde yeni bir şey eklemişti sadece. Bu âşık çok geçmeden, varlığının konforlu işleyişinde hiçbir şeyi değiştirmez olmuştu, ılımlı mutluluğunun bir uzantısı, üçüncü bir çocuk veya yeni bir araba yerine geçmiş ve bu macera gözüne meşru bir haz kadar sıradan görünmeye başlamıştı.

Şimdi macerayı ilk kez gerçek bedeli olan tehlikeyle ödemek zorunda kaldığında da pintice değerini hesaplamaya başladı. Kaderin şımarttığı, ailesinin nazlı yetiştirdiği, refahtan neredeyse isteklerini yitirmiş bu dayanıksız kadına karşılaştığı ilk sıkıntı bile fazla gelmiş gibiydi. Ruhsal tasasızlığından özveride bulunmayı göze almamak için âşığını hiç düşünmeden rahatına feda etmeye hazırdı.

Hemen o gün öğleden sonra âşığının elden gönderdiği yanıt geldi; bu çaresizce yalvaran, sızlanan, suçlayan mektup, Irene'yi bu maceraya bir son verme kararında yine tereddüde düşürdü, bu tutku gururunu okşamış ve genç adamın kendinden geçercesine ümitsizliğinden etkilenmişti. Âşığı ısrarla hiç olmazsa ayaküstü bir buluşma rica ediyor, bilmeden onu incittiyse en azından suçunu anlamak istiyordu. Irene'ye bu kez de, surat asmayı sürdürerek ve kendini nedensizce geri çekip değerini yükselterek oynayacağı bu yeni oyun çekici gelmişti. Kendini bir heyecan fırtınasının ortasında hissediyor ve içi soğuk olan her insan gibi, kendisi yanmadan tutku ateşiyle sarılmış olmaktan hoşlanıyordu. Genç adamı bir pastaneye çağırdı. Genç kızlığında aynı yerde bir aktörle buluşmuş olduğunu hatırladı birden, adamın göstermiş olduğu hayranlık ve kaygısızlığı şimdi gözüne çocukça göründü. Onca yıllık evlilikten sonra küllenmiş olan romantizmin hayatında şimdi yeniden canlanmaya başlaması ne tuhaftı, bunu düşünerek kendi kendine gülümsedi. Dün o kadınla yaşadığı çirkin karşılaşmadan içten içe sevinç duydu adeta, uzun zamandan beri ilk defa gerçek bir duyguyu o denli güçlü ve sarsıcı biçimde hissetmişti, her zaman çok kolay gevşeyebilmesine rağmen bu kez gerilimi hâlâ sürüyordu.

Kadınla tekrar karşılaşma olasılığına karşı onu yanıltmak için bu kez dikkat çekmeyen, koyu renk bir elbise ve farklı bir şapka seçti. Tanınmasını zorlaştırmak için bir tül hazırlamıştı bile, ama birden yükselen bir inatla bunu bir kenara bıraktı. Onun gibi önemsenen, saygın bir kadın tanımadığı birinden korktuğu için sokağa rahatça çıkamayacak mıydı? Tehlikenin doğurduğu korku, içinde tuhaf bir çekim, ürpertici bir haz karıncalanması başlatmıştı bile, bu parmaklarını bir hançerin soğuk ağzına sürmek veya bir namlunun, içinde ölümü barındıran kara ağzına bakmak gibi bir duyguydu. Maceranın ürperticiliği Irene'nin korunmuş yaşamında alışkın olmadığı bir şeydi, bu duygu onu şimdi bir oyun gibi çekiyordu; sinirlerinde harika bir gerilme, kanında elektrikli bir kıvılcımlanma hissediyordu.

Sadece sokağa adımını attığı ilk an geçici bir korku hissi, üşütücü ve asabi bir titreme dalgası bedenini yalayıp geçti; suya tamamen dalmadan önce parmağının ucuyla soğukluğuna bakarken olduğu gibi. Fakat bu üşüme duygusu sadece bir saniye sürdü, sonra içi birdenbire her zaman rastlanmayan bir yaşama sevinciyle doldu, öylesine hafif, güçlü ve esnek adımlar atmaktan, aslında yabancısı olduğu bir biçimde dik ve güvenli yürümekten haz duyuyordu. Pastanenin o kadar yakın oluşuna neredeyse üzüldü, çünkü şimdi bilinmeyen bir güçle maceranın gizemli cazibesine doğru çekiliyordu. Ne var ki, buluşma için ayırdığı zaman kısaydı ve içinde hissettiği hoş bir güven âşığının onu beklemekte olduğunu haber veriyordu. Pastaneye girdiğinde bir köşede oturmakta olan genç adamın ayağa fırlayışındaki heyecan Irene'nin hem hoşuna gitti hem de canını sıktı. Yüreğindeki heyecanın karmaşasıyla öyle bir sorular ve sitemler yığınını gürültüyle önüne seriverdi ki, Irene sesini alçaltması için onu uyarmak zorunda kaldı. Evine gitmeyişinin asıl nedenine hiç değinmeden, belirsizlikleriyle genç adamı daha da kışkırtan imalarla oynayıp durdu. Bu kez âşığının istekleri karşısında ulaşılmaz kaldı ve vaatlerde bulunmaktan da kaçındı, çünkü bu gizemli ve ani çekilmesinin onu ne kadar kışkırttığını hissetmişti... Yarım saatlik hararetli bir sohbetten sonra hiçbir sevecenlik göstermeden, hatta vaadinde bile bulunmadan oradan ayrıldığında, sadece genç kızlığından tanıdığı çok tuhaf bir hisle için için tutuşuyordu. Aşağılarda hafif, kıvılcımlanan bir alev parlıyor ve ateşe dönüşüp tüm bedenine yayılmak için rüzgârın esmesini bekliyordu sanki. Sokakta yürürken kendisine yöneltilen her bakışı hızla kaydediyordu. Onca erkeği kendine baktırmanın beklenmedik başarısıyla yüzünün nasıl göründüğünü o kadar merak etti ki, sonunda kırmızı güllerin ve üzerlerinde çiy taneleri pırıldayan menekşelerin arasında kendi güzelliğini görmek için bir çiçekçi dükkânının vitrinindeki aynanın önünde durdu. Işıltılar saçarak kendisine baktı, genç ve tasasızdı, yarı aralık, iştahlı ağzı aynadan hoşnutlukla gülümsüyordu, yola devam ederken de kendisini kanatlanmış gibi hissetti; bedeninin zincirlerinden kurtulmak, dans etmek veya hoplamak ihtiyacı adımlarının her zamanki ritmini değiştirmişti. Michael Kilisesi'nin önünden geçerken kendisini eve, o dar ve düzenli dünyaya çağıran çan sesinin yükseldiğini duyduğunda hiç hoşuna gitmedi. Genç kızlık günlerinden beri kendisini hiç bu kadar hafif, bütün algılarını bu kadar canlı hissettiği olmamıştı, ne evliliğin ilk günleri ne de âşığının kucaklamaları bedeninde böyle kıvılcımlanmalar yaratmıştı. Şimdi kanında hissettiği bu nadir hafifliği, bu tatlı büyülenmişliği gündelik saatlerin düzenine uyarak harcamak düşüncesine katlanamıyordu. Yoluna yorgun devam etti. Evin önüne geldiğinde bir kez daha tereddütle durdu, yaşadığı anların heyecanını, havadaki harareti göğsünü iyice gererek bir kez daha solumak, maceranın durulmak üzere olan son dalgalarını da yüreğinin ta derinlerinde hissetmek istiyordu.

O sırada birisi omzuna dokundu. Arkasına dönüp baktı. Karşısında ansızın o nefret ettiği suratı görünce ölesiye korkarak, "Siz... siz... ne istiyorsunuz yine?" diye kekeleyerek sordu ve hakkında hayırlı olmayacak bu sözcüklerin ağzından çıktığını fark ettiğinde daha da ürktü. Bir daha karşılaşacak olursa bu kadını tanımamaya, her şeyi inkâr etmeye, şantajcıya karşı koymaya karar vermişti aslında... Fakat bu fırsatı kaçırmıştı artık.

"Yarım saattir burada sizi bekliyorum Bayan Wagner."

İsmini duyduğunda Irene irkildi. Bu kadın adını da, evini de biliyordu. Artık bütün kozlarını kaybetmişti, kurtuluş umudu kalmamıştı. Özenle ölçüp biçip hazırladığı sözcükler dilinin ucundaydı, fakat uyuşmuş gibiydi, ses çıkartacak gücü yoktu.

"Yarım saattir burada sizi bekliyorum Bayan Wagner," diye tehdit edercesine tekrarladı kadın.

"Ne istiyorsunuz... siz benden ne istiyorsunuz?"

"Bunu siz de biliyorsunuz Bayan Wagner," –adını duymak Irene'yi irkiltti yine–, "niçin geldiğimi gayet iyi biliyorsunuz."

"Onu bir daha görmedim... beni rahat bırakın... onu bir daha asla görmeyeceğim... asla..."

Kadın Irene heyecandan konuşamaz hale gelene kadar rahatını bozmadan bekledi. Sonra kendisinden aşağı konumdaki birini azarlar gibi sertçe konuştu:

"Yalan söylemeyin! Pastaneye kadar peşinizden geldim." Irene'nin gerilediğini görünce de alayla devam etti: "Nasılsa işsizim. Çalıştığım yerden kapı dışarı edildim, yeterince iş yokmuş, zor zamanlardaymışız, öyle söylediler. Eh, ben de bundan faydalanıp biraz gezintiye çıkıyorum işte... aynı kibar hanımlar gibi."

Bunları Irene'nin yüreğine saplanan soğuk bir hainlikle söyledi. Bu bayağılıktaki çıplak hoyratlık karşısında kendini savunmasız hisseden Irene, kadının yine sesini yükseltebileceğini veya kocasının gelebileceğini, her şeyini kaybedebileceğini aklından geçirerek korkuya kapıldı. Hemen manşonuna uzanıp gümüş para çantasını aldı, eline gelen bütün paraları alelacele çıkardı ve ganimetinden emin, elini çoktan uzatmış küstahça bekleyen kadının avucuna bıraktı.

Fakat bu arsız el, geçen seferki gibi paraları hisseder hissetmez verilenle yetinerek kapanmadı, havada bir pençe gibi gergin sallanmaya devam etti.

Ağzını alayla büzen kadın, "Gümüş çantayı da verin ki paraları kaybetmeyeyim!" deyip hafiften kıkırdayarak güldü.

Irene onun gözlerinin içine baktı, ama sadece bir an için. Bu küstah, adice alaycılık katlanılır gibi değildi. Tiksintinin yakıcı bir sancı gibi tüm bedenine yayıldığını hissetti. Bir an önce gitmek, bu surattan kurtulmak istiyordu. Başını çevirip değerli çantasını hızla kadına uzattı, sonra dehşet içinde koşarak merdivenlerden çıktı.

Kocası daha dönmemiş olduğu için kendini divanın üstüne atabildi. Bir çekiç darbesi yemiş gibi kıpırtısız, öylece yattı, yalnızca şiddetle titreyen parmaklarının hareketiyle kolu boydan boya sarsılıyordu. Ancak dışarıda kocasının sesini duyduğunda büyük bir çabayla toparlandı, otomatik hareketlerle, ruhu boşalmış bir halde sürüklenerek öbür odaya gitti.

Artık dehşet evinin içine çöreklenmişti ve odalarını terk etmeye niyeti yoktu. Irene, o korkunç karşılaşmanın görüntülerini dalga dalga belleğinde yükselten pek çok boş zamanı boyunca durumunun umutsuzluğunu açıkça gördü. Bunu nasıl yaptığını aklı almasa da, kadın ismini ve adresini öğrenmişti ve daha ilk girişimlerinde bu kadar başarılı olduktan sonra sahip olduğu bilgilerden sürekli bir şantaj için yararlanacağına kuşku yoktu. Uzun yıllar boyunca hayatına bir kâbus gibi çökecekti, en delice çabayı gösterse bile bu kadını silkeleyip atması olanaksızdı; çünkü varlıklı bir kadın olmasına ve kocasının zenginliğine rağmen, ondan bir kerede tümüyle kurtulmasını sağlayacak kadar büyük miktarda parayı kocasının haberi olmadan bulması mümkün değildi. Ayrıca kocasının rastlantıyla anlattığı olaylardan ve girdiği davalardan bildiği kadarıyla böyle aşağılık ve dolandırıcı tiplerle yapılan anlaşmaların da, sözleşmelerin de hiçbir değeri yoktu. Bu belayı daha bir veya iki ay uzak tutabileceğini hesapladı, sonra aile mutluluğunun çökmesi kaçınılmazdı, bu çöküşte şantajcıyı da kendisiyle birlikte sürükleyeceğini bilmek de içini rahatlatmaya yetmiyordu. Muhtemelen daha önce de hüküm giymiş bu sefil insanın altı ay içeride yatması, kendi uğrayacağı kayıpla kıyaslanamazdı ve Irene şimdi dehşetle fark ediyordu ki, kendisi için mümkün olan tek yaşam biçimini yitirmek üzereydi. Onuru zedelenmiş, lekelenmiş olarak yeni bir hayata başlamak, o zamana kadar her şeyi hazır bulmuş, kaderini hiçbir biçimde kendisi belirlememiş biri olan Irene'ye imkânsız görünüyordu, hem sonra çocukları, kocası, ancak şimdi kaybetmek üzereyken değerini anladığı onca şey, bu dünyaya aitti, bütün bunların nasıl da varlığının kopmaz birer parçası olduklarını şimdi hissediyordu. Eskiden elinin tersiyle ittiği pek çok şey şimdi gözüne müthiş gerekli görünüyordu ve sokaklarda fırsat kollayan tanımadığı bir serserinin, sıcak yuvasını bir sözüyle yıkabilecek güce sahip olması Irene'ye bazen hayal ürünü ve gerçekdışıymış gibi geliyor, kavramakta zorlanıyordu.

Şimdi dehşet verici bir kesinlikle felaketin kaçınılmaz, kurtuluşun olanaksız olduğunu hissediyordu. Fakat... fakat... ne olacaktı? Sabahtan akşama kadar bu soruyla uğraştı. Günün birinde kocasına bir mektup gelecekti, sonra karanlık bakışlarla içeriye girip kolunu kavradığını, sorguya çektiğini görür gibi oldu. Peki sonra... sonra ne olacaktı? Kocası ne yapacaktı? Hayal gücü bu noktada karmaşık ve insafsız bir korkunun karanlığında eriyip gidiyordu. Gerisini düşünemiyordu, bütün tahminleri dipsiz bir karanlıkta dağılıveriyordu. Fakat bütün bu bunaltıcı düşünceler içinde fark ettiği tek bir şey oldu; aslında kocasını ne kadar az tanıdığının, kararlarını önceden kestirmekte ne kadar zorlandığının dehşetle ayrımına vardı. Onunla ailesinin ön ayak olmasıyla, ama karşı çıkmadan ve sonraki yıllarda da hayal kırıklığına dönüşmeyen belli bir sempati duyarak evlenmişti. Sekiz yıldır onun yanında rahat, huzurlu ve mutlu bir hayat sürüyordu, ondan çocukları olmuştu, bir yuva kurmuşlar ve bedensel yakınlık içinde sayısız saatler geçirmişlerdi, fakat şimdi belli bir durumda nasıl davranacağını tahmin etmeye çalıştığında onun kendisi için ne kadar yabancı ve bilinmez kaldığını anlıyordu. Şimdi telaşla geriye bakarak son yıllarını didik didik gözden geçirdiğinde, onun gerçek yapısını daha önce asla araştırmamış olduğunu ve katı mı davranır, yoksa bağışlayıcı mıdır, sert midir, sevecen midir, hiç bilmediğini keşfediyordu. İlk kez duyduğu bu varoluş korkusuyla ortaya çıkan fazlasıyla gecikmiş bir suçluluk duygusu içinde, kocasının sadece toplumsal varlığını yüzeysel biçimde tanıdığını kendine itiraf etmek zorunda kaldı. Böyle trajik bir anda vereceği kararı belirleyecek olan iç dünyasını hiç bilmiyordu. İster istemez küçük jestleri ve imaları araştırmaya, benzer durumlarda ne tür yorumlar yapmış olduğunu hatırlamaya çalıştı ve utanç dolu bir şaşkınlıkla fark etti ki, kocası kişisel görüşlerini ona hiçbir zaman aktarmamış, ama öte yandan kendisi de bir sorununu ona içtenlikle açmamıştı. Ancak şimdi kocasının hayatını tek tek tüm yönleriyle yorumlamaya girişmekteydi. Duyduğu korku Irene'yi, onun yüreğinin gizli odalarına bir giriş bulabilmek için en küçük anıyı bile yoklamaya zorluyordu.

Artık kocasının en küçük sözüne bile dikkat kesiliyor, eve dönüşünü sabırsızlanarak, heyecan içinde bekliyordu.

İçeri girdiğinde kendisini selamlarken yüzüne bakmasa bile, jestlerinde –elini öpüşünde, hafifçe saçını okşayışında– derin bir sevginin belirtisi olabilecek bir sevecenlik algılıyordu, zaten abartılı davranışlardan çekinirdi Irene. Kocası onunla konuşurken her zaman ölçülüydü, hiçbir zaman sabırsızlık veya heyecan göstermezdi, davranışları sakin ve dostçaydı; Irene şimdi tedirginlik içinde, onun hizmetkârlara olan tavrının da pek farklı olmadığını, hatta çocuklara karşı tavrından daha soğuk olduğunu düşünüyordu; çocuklarla birlikteyken her zaman canlanır, bazen onlarla neşeyle şakalaşır, bazen de tutkulu bir sevecenlik gösterirdi. Kocası o akşam da, evde olan bitenleri ayrıntılı olarak sordu, böylece Irene'nin o gün nelerle ilgilendiğini ortaya sermesine fırsat verirken kendi yaptığı şeyleri gizliyordu. Irene artık gözlemlediği için, kocasının onu ne kadar kolladığını, zararsız sıradanlıklarını ürpererek fark ettiği gündelik konuşmalara uyum sağlamak için ne kadar çekingence çabaladığını keşfetti. O kendisiyle ilgili tek söz etmeyince Irene'nin yatıştırmaya can attığı merakı yine doyumsuz kaldı.

Konuşmalarından bir ipucu elde edemeyince bu sefer kocası koltuğunda oturmuş keskin elektrik ışığının altında kitabını okurken onun yüzünü inceledi. Yabancı bir yüze bakar gibi bakıyor, tanıdığı ama bir anda yabancılaşan hatlarından, sekiz yıllık beraberlikleri boyunca kayıtsızca ondan sakladığı kişiliğini anlamaya çalışıyordu. Alnı, içten gelen güçlü bir zihinsel zorlanmayla şekillenmişçesine aydınlık ve soyluydu, ağzı ise sert ve ödünsüzdü. Son derece erkeksi hatlarındaki her şey gergindi, enerji ve güç doluydu. Kocasının o ılımlı ciddiyetini, varlığındaki görülür sertliği bunlarda bir güzellik bulduğuna şaşarak, bir tür hayranlıkla seyretti; oysa şimdiye kadar bu halini pek de muhabbetli bulmaz, daha konuşkan ve sosyal olmasını yeğlerdi. Gerçek gizini saklıyor olmaları gereken gözleriniyse kitabına çevirerek Irene'nin gözleminden kaçırmıştı. Böylece soru dolu bakışlarıyla sadece kocasının profilini izleyebiliyor, bu kavisli hatlar bağışlayan veya suçlayan bir söz yerine geçiyormuşçasına gözlerini alamıyordu. Irene, bu hatların sertliğinden ürkmekle birlikte kararlılıklarındaki tuhaf güzelliğin de ilk kez farkına vardı. Aniden kocasına bakmaktan hoşlandığını, haz ve gurur duyduğunu hissetti. Bu duygusunu fark ettiğinde bir şeyler göğsünü titretir gibi oldu, kaçırılmış bir şeylerin pişmanlığı gibiydi bu, onunla bedensel temas sırasında algıladığını hiç hatırlamadığı şehvetli bir gerilimdi adeta. O sırada kocası gözlerini kitabından kaldırdı. Irene, bakışlarındaki yakıcı merakla onun kuşkusunu uyandırmamak için aceleyle loşluğa sığındı.

Üç gündür evden dışarı çıkmıyordu. Birdenbire ısrarla evde kalmaya başlamasının diğerlerinin dikkatini çektiğini sıkıntıyla sezinledi, çünkü hiçbir zaman günlerce, hatta saatlerce bile eve kapandığı olmazdı. Ev işlerine mecbur olmayan, maddi bağımsızlığı sayesinde ufak tefek geçim sıkıntılarından uzak yaşayan ve kendi varlığından sıkılan bir kadın olarak Irene için evi, geçici bir sığınma yerinden başka bir şey değildi; oysa sokaklar, tiyatrolar, renkli karşılaşmalarıyla ve sürekli dışarıdan gelen yeniliklerle sosyal ortamlar, bulunmayı en çok sevdiği yerlerdi, çünkü buraların keyfini çıkartmak hiçbir içsel çaba gerektirmiyordu, hatta duyuları uyuşukken bile pek çok uyarım alabiliyordu. Bayan Irene, tüm düşünce tarzıyla birlikte, Viyana burjuvazisinin, aralarındaki gizli bir anlaşmaya uyarak yaşıyormuş gibi görünen o elit kesimine dahildi, bu görünmez kulübün bütün üyeleri aynı saatlerde, aynı ilgi alanlarında sürekli birbirleriyle karşılaşırlardı, durmadan tekrarlanan bu birbirini gözleme ve kıyaslama hali giderek yaşamlarının anlamı yerine geçmişti. Böylesine tembelce bir ortaklığa bağımlı, kendine dönük ve yalnızlaştırıcı bir yaşam tarzı her türlü temelden yoksundu, duyular uygun dozda sansasyondan oluşan alışılmış besinini bulamayınca isyan ediyor ve yalnızlık, kısa sürede kendi kendine düşmanlığı getiriyordu. Bayan Irene, zamanın sonsuza değin üstüne yüklendiğini hissediyordu, saatler alışılmış programı belirleyemediklerinde tüm anlamlarını yitiriyorlardı. Odaların dört duvarı arasında, zindana kapatılmış gibi hiçbir şey yapmadan gerginlikle dolaşıyordu, Irene'nin gerçek dünyası olan sokaklar ve dışarıdaki yaşam şimdi ona kapalıydı, dışarıda elinde ateşten kılıcıyla şantajcı bekliyordu.

Ondaki bu değişimi ilk fark edenler çocukları, özellikle de oğlu oldu; çocuk *mama*'sını bu kadar çok evde görmekten duyduğu hayreti sıkıntı yaratan bir açıklıkla dile getirirken hizmetçiler aralarında fısıldaşmakla yetiniyor ve mürebbiyeyle karşılıklı fikir yürütüyorlardı. Irene, evde göze batan varlığına, bir kısmı çok iyi düşünülmüş çeşitli gerekçeler göstermek için çabalıyordu, fakat bu açıklamalarının yapaylığından, yıllar boyunca kendi evindeki varlığının ne kadar gereksizleşmiş olduğunu fark etti. Ne zaman bir işe el atmaya kalkışsa, bunu alışkanlıklarına müdahale gibi algılayan birilerinin itirazıyla karşılaşıyordu. Bütün alanlar doldurulmuş, Irene kendi evinin bünyesinde yabancı bir cisim gibi olmuştu. Ne yapacağını, zamanı nasıl geçireceğini bilemiyor, çocuklarına yaklaşmayı bile başaramıyordu. İlgisinin aniden artmasını yeni bir denetim gibi algılayan çocuklar rahatsız oldular. Böyle yakınlaşma girişimlerinden birinde, yedi yaşındaki oğlu açıkça artık niçin gezmeye çıkmadığını sorduğunda Irene utançtan kızardığını hissetti. Yardıma kalkıştığı her yerde düzeni bozuyor, hangi işe katılsa kuşku uyandırıyordu. Sürekli evde oluşunu, akıllıca geri çekilip odasında kitap okuyarak veya bir işle meşgul olarak gözden uzak tutmayı başaracak beceriye de sahip değildi, içinde varlığını hep hissettiği korku Irene'de bütün güçlü duygular gibi gerginlik yaratıyor, kendini bir odadan diğerine atmasına yol açıyordu. Her telefon çalışında, her kapı sesinde irkiliyor, kendini bir insan görme beklentisiyle ve özgürlük özlemiyle perdelerin arasından sokağı gözetlerken yakalıyordu, fakat içi sürekli, yoldan geçenler arasından onu rüyalarına kadar izleyecek birinin aniden başını kaldırıp yukarı bakacağı korkusuyla doluydu. Dingin varlığının birdenbire çözülüp dağıldığını hissediyor, bu bezginlikle bütün hayatının mahvolduğu duygusuna kapılıyordu. Oda hapsinde geçirdiği bu üç gün Irene'ye sekiz yıllık evliliğinden daha uzun geldi.

Fakat üçüncü akşam, kocasıyla birlikte gidecekleri, haftalar öncesinden kabul ettikleri bir davet vardı, şimdi bunu geçerli bir neden göstermeden aniden iptal etmesi olanaksızdı. Ayrıca bir süredir yaşamının etrafını çeviren bu görünmez dehşet parmaklıklarının da, eğer yok olup gitmek istemiyorsa artık kırılması gerekiyordu. İnsanlara ihtiyacı vardı, birkaç saat olsun kendinden ve korkunun o öldürücü yalnızlığından uzaklaşıp dinlenmeye ihtiyacı vardı. Hem başka nerede yabancı bir evde, arkadaşlarının arasında olacağı kadar güvende olabilirdi, yollarını bekleyen o sinsi takipten başka nerede daha iyi korunabilirdi. Dışarı çıktığında bir saniye kadar ürperdi, o karşılaşmadan sonra kadının bir yerlerde pusuya yatmış olabileceği sokaklara ilk kez adım atıyordu. Elinde olmadan kocasının koluna sarılıp gözlerini yumdu, kaldırımdan arabaya kadar olan birkaç adımlık yolu hızla yürüdü, sonra araba gecenin ıssız sokaklarında hızla yol alırken kocasının yanında kendini güvende hissederek gevşedi, içindeki ağırlık kalktı, gittikleri evin merdivenlerinden çıkarken kendisini güvende hissediyordu. Şimdi birkaç saatliğine seneler önce nasılsa öyle olabilecekti; hapishane duvarlarının arasından tekrar güneşe çıkan biri gibi daha bilinçli bir sevinçle kaygısız ve neşeli olacaktı. Burada bütün takiplerden korunacağı siperlerin arkasındaydı, nefret içeriye giremezdi; onu seven, sayan, ona hayranlık duyan insanların arasındaydı; kaygısızlığın tozpembe ışığını yansıtan, şık giyimli, iyi niyetli insanların ve nihayet onu da kucaklayan bir haz duygusunun içindeydi. İçeriye girer girmez kendine yönelen bakışlardan güzelliğini hissetmişti, bildiği ve uzun zamandır özlemini çektiği bu duyguyla daha da güzelleşmişti. Hep aynı düşüncenin bir burgaç gibi beynine saplandığını, içinin yaralı olduğunu, acıdığını hissettiği bütün o günlerdeki suskunluktan sonra bu Irene'ye nasıl da iyi geliyordu, tekrar teninin içine işleyip kanını tutuşturan okşayıcı sözcükler duymak nasıl da rahatlatıcıydı. Durup kendini dinledi, göğsünde bir huzursuzluk, dışarı çıkmak isteyen bir şeyler hissediyordu. Birden ne olduğunu anladı, özgürleşmek isteyen, bastırılmış kahkahalar vardı içinde. Şampanya şişesinin mantarının patlaması gibi, çınlayan kahkahaları küçük koloraturlarla yükseldi, durup durup güldü, bazen bu dizginsiz coşkusundan utansa da az sonra kendini tutamayıp tekrar gülüyordu. Gevşeyen sinirleri rahatlamış, tüm duyuları güçlenmişti, sağlıklı ve zindeydi, günlerden beri ilk kez gerçek bir iştahla yedi, susuzluktan ölüyormuşçasına içti.

Kuruyup kalmış insan susuzluğu çeken ruhu her şeyden canlılık ve haz süzüyordu. Yan tarafta çalınan müzik yanan teninin derinliklerine işliyor, Irene'yi çağırıyordu. Dans başladı, farkına bile varmadan kendini dans edenlerin arasında buldu. Hayatında hiç böyle dans etmemişti.

O coşkulu dönüşler içindeki tüm ağırlığı çıkartıp savuruyordu, ritim bedeninde yayılarak hararetli devinimlerle soluk alıyordu. Müzik durduğunda Irene sessizlikten azap duyuyordu. Ürperen bedeninde huzursuzluk yılanının dili dolaşıyor ve o kendini tekrar dans edenlerin arasına atıyordu, dans serinleten, rahatlatan, insanı taşıyan bir su gibiydi. Hiçbir zaman usta bir dansçı olmamıştı; hareketleri fazla ölçülü, fazla tedbirli, sert ve dikkatliydi, fakat özgür kalan sevincin sarhoşluğu bütün bedensel tutukluklarını çözmüştü. Önceleri en yabanıl tutkularını bile bir kalıba sokmuş olan o çelik çember, o utanç ve önlemlilik çemberi, şimdi ortasından kırılıvermişti; Irene huzurla gevşediğini, engellerden ve koşullardan bağımsızlaştığını hissediyordu. Çevresindeki elleri, kolları hissediyor, dokunuşları ve uzaklaşmaları, sözcüklerin soluğunu, kahkahaların gıdıklayıcılığını, müziğin kanında titreştiğini duyuyordu; tüm bedeni gerilmişti, öylesine gerilmişti ki giysileri tenini yakıyordu, bu sarhoşluğu daha derinlerde çıplak olarak hissedebilmek için üzerindeki her şeyi sıyırıp atmak istiyordu.

"Irene, neyin var senin?" – gözlerinde gülücüklerle, kavalyesinin sarılışının sıcaklığıyla, sallanarak döndü. Kocasının hayretle donmuş bakışları, sert ve soğuk kalbine saplanıverdi. Irene korktu. Çok mu taşkın davranmıştı? Çılgınlığıyla bir şeyleri ele mi vermişti?

"Ne... ne demek istiyorsun Fritz?" diye kekeledi. Kocasının bakışlarındaki, giderek derinlere işleyen ve şimdi ta yüreğinde hissettiği sert darbeyle afallamıştı. O gözlerdeki delici kararlılık karşısında çığlık atmak istedi.

Daha sonra kocası, "Tuhaf şey!" diye mırıldandı. Sesinde boğuk bir şaşkınlık vardı. Irene, ne demek istediğini sormaya cesaret edemedi. Fakat kocası başka bir şey söylemeden arkasını döndü, onun geniş ve sert omuzlarını, çelik gibi katı ensesini gördüğünde tüm bedeni ürperdi. Delicesine aklından geçen, bir katil sırtı gibi düşüncesini hemen uzaklaştırdı. Kendi kocasını ilk kez görüyormuşçasına ne kadar güçlü, ne kadar tehlikeli olabileceğini ancak o zaman hissetti.

Müzik yeniden başladı. Beylerden biri yanına geldi, Irene otomat gibi koluna girdi. Fakat şimdi her şey ağırlaşmıştı, neşeli melodi katılaşıp kalmış bedenini artık hareket ettiremiyordu. Yüreğinden ayaklarına kadar bunaltıcı bir ağırlık yayılmıştı, her adım acı veriyordu. Kavalyesinden izin isteyip dansı bırakmak zorunda kaldı. Yerine dönerken ister istemez kocası yakınlarda mı diye baktı. Birden korkuyla irkildi. Kocası sanki onu bekliyormuş gibi hemen arkasında duruyordu ve bir kez daha dimdik gözlerinin içine baktı. Ne istiyordu? Bildiği bir şeyler mi vardı? Çıplak göğsünü ondan saklamak ister gibi elinde olmadan yakasını düzeltti. Kocasının suskunluğu da bakışları gibi inatla devam ediyordu.

"Gidelim mi?" diye sordu Irene korkuyla. "Evet." Kocasının sesi sert ve kaba çıkmıştı. Önden yürüdü. Irene onun geniş, ürkütücü ensesini tekrar gördü. Kürkünü omuzlarına koymuş olmalarına rağmen üşüyordu. Yolda hiç konuşmadan yan yana oturdular. Irene'nin tek sözcük etmeye cesareti yoktu. Belli belirsiz yeni bir tehlikenin yaklaştığını hissediyordu. Şimdi iki yandan da sarılmıştı.

O gece bunaltıcı bir rüya gördü. Bilmediği bir müzik çalıyordu, salon aydınlık ve yüksek tavanlıydı; içeriye girdi, kalabalığın ve renklerin arasına karıştı, o sırada gözünün ısırdığı, ama kim olduğunu çıkartamadığı genç bir adam yanına yaklaştı, kolundan yakaladı, Irene onunla dans etmeye başladı. Kendini hoşnut ve hafif hissediyor, müzik bir dalga gibi ayaklarını yerden kesiyor, artık zemini hissedemiyordu. Böyle dans ederek salondan salona geçtiler. Salonların tavanlarındaki altın yaldızlı avizelerdeki küçük ışıklar çok yükseklerde yıldızlar gibi yanıp sönüyor, duvarlarda peş peşe dizili aynalar gülüşlerini ona geri vererek sonsuz yansımalar halinde ilerilere taşıyorlardı. Dans giderek hızlanıyor, müzik hararetleniyordu. Irene delikanlının kendisine daha fazla yaslandığını, çıplak kollarını daha sıkı kavradığını hissetti, duyduğu acıyla karışık hazdan inledi ve şimdi bakışları, onun bakışlarına gömüldüğünde delikanlıyı tanıdığına kanaat getirdi. Küçük bir kızken uzaktan tutkuyla sevdiği bir aktör olduğunu düşündü, tam sevinçle adını söyleyecekti ki, delikanlı Irene'nin hafif çığlığını ateşli bir öpücükle ağzında hapsediverdi. Böylece dudakları birbirinin içinde erimiş, bedenleri iç içe geçip tutuşmuş halde, esritici bir rüzgârla taşınırcasına salondan salona uçtular. Duvarlar yanlarından kayıp gidiyordu, yerinden havalanan tavanı ve saatleri artık hissetmiyordu, bedeni öylesine hafiflemiş, zincirlerinden kurtulmuş gibiydi. Ansızın omzuna birisi dokundu. Irene durdu, onunla birlikte müzik de durdu, ışıklar söndü, duvarlar kararararak birbirlerine yaklaştı, kavalyesi de birdenbire kaybolmuştu. "Erkeğimi geri ver, aşağılık hırsız!" diye bağırdı iğrenç bir kadın; bu oydu, duvarlar çınlıyor, buz gibi parmaklar bileğini sıkıyordu. Irene kendini topladı ve kendisinin de bağırmakta olduğunu duydu, bu delirmiş gibi keskin bir dehşet çığlığıydı, birbirlerine girdiler, ama kadın daha kuvvetliydi, inci kolyesini koparttı, elbisesini yarı yarıya parçaladı, sarkan kumaş parçalarının arasından çıplak göğsü ve kolları göründü. Bir anda ortalık tekrar kalabalıklaştı, insanlar gürültüyle salonlardan çıkıp akın ediyorlardı, onlar yarı çıplak Irene'yi alayla seyrederken diğer kadın ciyak ciyak bağırıyordu: "Erkeğimi benden çaldı, orospu!" Irene nereye kaçacağını, gözlerini nereye çevireceğini bilemiyordu, insanlar giderek daha da yakınına geliyor, meraklı suratlar soluya soluya çıplaklığına saldırıyordu. Bir kurtuluş arayarak bakışlarını çaresizce etrafta gezdirirken birden kocasının karanlık kapının ağzında hareketsiz durduğunu gördü, sağ elini arkasında gizlemişti. Irene bir çığlık atarak kaçmaya başladı. Salondan salona geçerken gözü dönmüş kalabalık da arkasından geliyordu, elbisesinin giderek üzerinden kaydığını hissediyor, artık üzerinde tutmakta zorlanıyordu. O sırada karşısında bir kapı açıldı, kendini kurtarmak için telaşla merdivenlerden aşağıya atıldı, ama aşağıda üzerinde yün etekliği, ellerini pençe gibi kıvırmış o aşağılık kadın bekliyordu. Yan tarafa sıçrayıp kendisini deli gibi dışarıya attı, öteki de arkasından fırladı, gecenin içinde sessiz, uzun sokaklar boyunca koştular, sokak lambaları sırıtarak üzerlerine eğiliyordu. Kadının tahta sabolarının takırtısını sürekli peşinde duyuyordu, ne zaman bir köşe başına varsa kadın karşısına çıkıyordu. Her dönemeçte, her evin arkasında, sağda, solda, dört bir yanda pusudaydı sanki. Her yerde karşısına çıkıyordu, sanki yüzlerce kez çoğalmıştı, atlatılacak gibi değildi, hep önüne geçip saldırıyordu, Irene artık dizlerinin tutmadığını hissediyordu. Sonunda kendini evinin önünde buldu, hemen yukarı koşturdu, fakat kapıyı açtığında karşısında kocasını buldu, elinde bir bıçak, gözlerini ona dikmiş delici bakışlarla bakıyordu. "Neredeydin?" diye sordu boğuk bir sesle. "Hiçbir yerde," diye yanıtlayan kendi hafif sesini duydu Irene, bir de hemen yanında o yırtık kahkahayı. "Her şeyi gördüm! Her şeyi gördüm!" diye sırıtarak bağırdı kadın. Aniden yanı başında bitmiş, deliler gibi gülüyordu. O sırada kocası bıçağını kaldırdı. "İmdat!" diye bir çığlık attı Irene. "İmdat!.."

Irene gözlerini yukarı çevirdi ve korku dolu bakışları kocasınınkilerle karşılaştı. Ne... ne olmuştu? Kendi odasındaydı, lamba yanıyor, soluk bir ışık yayıyordu; evinde yatağındaydı, bir düş görmüştü sadece. Fakat kocası niçin yatağının kenarına oturmuş, yüzüne bir hastaya bakar gibi bakıyordu? Işığı kim yakmıştı, kocası niçin bu kadar ciddi ve kıpırtısız duruyordu? Derin bir korkuyla ürperdi. İster istemez kocasının eline baktı, hayır, bıçak yoktu. Uyku sersemliğini yavaş yavaş üstünden atarken gördüğü düşün imgeleri de dağıldı. Kâbus görmüş ve bağırarak kocasını uyandırmış olmalıydı. Peki ama niçin bu kadar ciddi, dikkatli ve soğuk bakıyordu?

Gülümsemeye çalıştı. "Ne... ne oldu? Bana niçin öyle bakıyorsun? Kötü bir düş gördüm sanırım."

"Evet, bağırdın. Öbür odadan duydum sesini."

Ne söyledim, neleri ele verdim, acaba öğrendi mi, diye aklından geçirerek ürperdi Irene. Bir daha gözlerinin içine bakmaya cesaret edemedi. Fakat kocası tuhaf bir sakinlikle, gayet ciddi, ona bakmaya devam ediyordu.

"Senin neyin var Irene? Sana bir şeyler oluyor. Birkaç günden beri çok değiştin, ateşin çıkmış gibi, asabisin, kafan dağınık, uykunda bağırıp yardım istiyorsun."

Irene yeniden gülümsemeye çalıştı. "Bir şeyim yok," diye karşı çıktı. "Benden saklamamalısın. Bir sorunun mu var, bir şey canını mı sıkıyor? Sendeki değişikliği evdeki herkes fark etmiş. Bana güvenmelisin Irene."

Belli etmeden karısına yaklaştı, Irene onun parmaklarının çıplak kolunun üzerinde kaydığını, okşadığını hissetti; kocasının gözlerinde tuhaf bir ışık parlıyordu. İçinde birdenbire onun sıkı bedenine atılarak iyice sarılmak, her şeyi itiraf etmek ve ne kadar acı çektiğini gördüğü şu anda kendisini bağışlamadan da bırakmamak geçti.

Ne var ki lambanın solgun ışığı yüzünü aydınlatıyordu. Irene utandı. Söyleyeceklerinden korktu.

"Üzülme Fritz," diyerek gülümsemeye çalışırken bedeni çıplak ayaklarının parmak uçlarına kadar titriyordu. "Biraz gerginim sadece. Yakında geçer."

Kocası elini hemen geri çekti. Irene onun solgun ışıkta sapsarı görünen yüzüne baktığında ürperdi, alnına da karanlık düşüncelerin koyu gölgeleri düşmüştü. Kocası usulca doğruldu.

"Bilmiyorum ama, son günlerde bana söylemek istediğin bir şeyler var sanmıştım. Sadece ikimizi ilgilendiren bir şeyler. Şimdi yalnızız işte, Irene."

Irene öylece yatıyor, bu ciddi ve örtük bakışlarla hipnotize olmuş gibi hiç kıpırdamıyordu. Her şey ne kadar iyi olabilirdi şimdi, diye geçirdi içinden, tek bir sözcük söylemesi yeterliydi, küçücük bir sözcük. Bağışla, demesi yeterliydi, kocası sebebini sormazdı bile. Ama şu ışık niye yanıyordu, şu patavatsız, küstah, kulak kabartan ışık? Karanlık olsa söyleyebileceğini hissediyordu. Fakat ışık gücünü tüketiyordu.

"Yani gerçekten bana söylemek istediğin hiçbir şey yok mu?"

Bu nasıl korkunç bir baştan çıkarma girişimiydi, kocası ne kadar da yumuşak bir sesle konuşuyordu! Daha önce bu şekilde konuştuğunu hiç duymamıştı. Fakat şu ışık, ampul, şu sarı, arsız ışık!

Kendini toparladı. "Aklından neler geçiriyorsun öyle?" diyerek güldü ve kendi sesindeki zoraki tınıdan kendi korktu. "Uykum huzursuz diye sırlarım mı var sanıyorsun? Hatta maceralarım?"

Söylediklerinin yapmacıklığından, sahteliğinden dehşete düştü, iliklerine kadar irkildi ve bakışlarını kaçırmak zorunda kaldı.

"Peki, iyi uykular o halde," dedi kocası kısaca sert bir sesle. Sesi şimdi çok farklıydı, bir tehdit veya kötü, tehlikeli bir alay içeriyordu sanki.

Sonra ışığı söndürdü. Irene, onun beyaz gölgesinin kapıda kaybolduğunu gördü, sessiz, soluk, bir hayalet gibi ve kapıyı kapattığında Irene'ye bir tabutun kapağı kapanmış gibi geldi. Tüm yeryüzünü ölü ve boşalmış hissediyordu, sadece kendi donup kalmış bedeninin içinde yüreği göğsünü çatlatacak gibi atıyor ve her atış canını acıtıyordu.

Ertesi gün hep birlikte öğle yemeğindeyken –çocuklar kavgaya tutuşmuş ve güçlükle yatıştırılmışlardı– hizmetçi kız bir mektup getirdi. Mektup hanımefendiyeydi ve yanıtı bekleniyordu. Irene tanımadığı el yazısına şaşkınlıkla bakarak zarfı hemen açtı, daha ilk satırda sararıverdi. Birden yerinden fırladı ve diğerlerinin ortak hayretini görünce düşüncesizliğiyle kendini ele verebileceğini anlayıp iyice korktu.

Mektup kısaydı. Üç satır: "Lütfen bu mektubu getiren kişiye derhal yüz kron veriniz." İmza ve tarih yoktu, değiştirilmiş olduğu anlaşılan bir el yazısıyla sadece o korkunç ve kesin emir! Bayan Irene parayı almak için odasına koştu, fakat para kutusunun anahtarını yerinde bulamadı, bütün çekmeceleri telaşla altüst ederek anahtarı bulana kadar karıştırdı. Elleri titreyerek parayı kıvırıp bir zarfa koydu ve kapıda bekleyen adama kendisi götürüp verdi. Bütün bunları düşünmeden, duraksamayı bile akıl etmeden hipnotize edilmiş gibi yapmıştı. Sonra, ayrılışının üstünden iki dakika bile geçmeden tekrar yemek odasına döndü.

Herkes suskundu. Çekingen bir tedirginlikle yerine oturdu. Telaşla bir mazeret ararken, müthiş bir korkuya kapılarak –eli öylesine titriyordu ki, kaldırmış olduğu bardağını hemen masaya bırakmak zorunda kaldı– heyecandan gözü bir şeyi görmediği için mektubu açık olarak tabağının yanına bırakmış olduğunu fark etti. Kocasının mektubu çekip alması için ufacık bir hareket yeterliydi veya gözü takılsa iri harflerle yazılmış mektubu bir bakışta okuyabilirdi. Irene'nin nutku tutuldu. Hırsızlama uzanarak pusulayı buruşturuverdi, fakat tam cebine sokarken başını kaldırdığında kocasının sert, delici ve acıtıcı bakışlarıyla karşılaştı; daha önceleri onda hiç karşılaşmadığı türden bir bakıştı bu. Ancak son birkaç gündür ona bu bakışlarla güvensizliğin sert darbelerini indirmeye başlamıştı. Bu darbeler Irene'yi derinden sarsıyor ve onlara karşı koymayı başaramıyordu. Kocası, davette dans ederken de bedenine bu bakışla saldırmıştı, geçen gece uykusunun üstünde bir bıçak gibi ışıyan bakış da aynı bakıştı.

Bakışını bu kadar keskin, sert, soğuk ve can yakıcı yapan, bir şey biliyor olması mıydı, yoksa öğrenmeye çalışması mıydı? Irene söyleyecek bir şeyler bulmak için çırpınırken aklına birden çoktandır unutmuş olduğu bir anısı geldi. Kocası bir zamanlar, avukat olarak karşı karşıya geldiği bir sorgu hâkiminden söz etmiş, bu adamın bütün marifetinin, bütün sorgu boyunca miyop gözleriyle önündeki belgeleri inceler görünmek ve tam can alıcı noktada bir soru sorarken bakışlarını yıldırım gibi kaldırıp, bir hançer gibi sanığın gözlerine saplamak olduğunu söylemişti. Bir şimşek keskinliğiyle parlayan bu yoğun dikkat karşısında sanık soğukkanlılığını kaybediyor ve özenle kurduğu yalanını sürdüremez oluyormuş. Acaba kocası şimdi bu tehlikeli oyunu oynuyor da kurban kendisi mi oluyordu? Irene, kocasının mesleğine hukuk alanındaki iddiasından çok psikolojik tutkularla bağlı olduğunu bildiği için daha da korktu. Bazı insanların kumar veya seks düşkünü olması gibi, kocası da bir suçu araştırıp ortaya çıkartmaktan, sanığı baskı altına almaktan o denli hoşlanırdı. Böyle bir psikolojik sürek avına çıktığı günlerde varlığı adeta için için ışıldardı. Geceleri sık sık unutulmuş karar metinlerini karıştırmasına yol açan aşırı bir gerginlik, dışa karşı çelik gibi bir sağlamlığa dönüşürdü; az yer, az içer, ama peş peşe sigara yakardı, sözünü de sanki duruşmaya saklıyormuş gibi suskunlaşırdı. Kocasını bir kez bir savunma sırasında izlemiş ve bunu ikinci bir kez tekrar etmemişti; o karanlık tutkuyu, sözlerindeki neredeyse kötücül denebilecek ateşi, yüzündeki o korkutucu ve sert ifadeyi görünce öylesine korkmuştu, şimdi tehditkârca çattığı kaşlarının altındaki sabit bakışlarında aynı ifadeyi tekrar görür gibi oluyordu.

Bütün bu unutulmuş anılar o bir saniye içinde yeniden buluştular ve söylemek istediği sözcükleri engellediler. Susup kaldı ve bu suskunluğun ne kadar tehlikeli olduğunu ve makul bir açıklama bulmak için son şansını da kaçırdığını fark ettikçe daha da şaşkınlaştı. Artık bakışlarını yukarı çevirmeye de cesaret edemiyordu, fakat kocasının her zaman gayet sakin duran ellerinin masanın üzerinde küçük hayvanlar gibi asabiyetle dolaştıklarını görmek daha da ürkütücüydü. Neyse ki yemek çabuk bitti, çocuklar hemen fırlayıp neşeyle bağrışarak yan odaya koşturdular; mürebbiyeleri çocukların taşkınlığını dizginlemek için boşuna uğraşıyordu. Kocası da yerinden kalkarak, ağır adımlarla, bir daha dönüp arkasına bakmadan yan odaya geçti.

Yalnız kalır kalmaz o uğursuz mektubu tekrar ortaya çıkardı. Satırlara aceleyle bir kez daha göz gezdirdi: "Lütfen bu mektubu getiren kişiye derhal yüz kron veriniz." Kâğıdı öfkeyle paramparça etti, parçaları buruşturup çöp sepetine atacaktı ki aklına bir şey geldi, bir an durdu, sonra ocağa doğru eğilerek kâğıt parçalarını çıtırdayan közlerin arasına attı. Birden parlayarak bu tehdidi yalayıp yutan beyaz alevleri görmek içini rahatlattı.

O anda kapıda geri dönen kocasının ayak sesleri duyuldu. Hemen doğruldu, yüzü ateşten ve yakalanmış olmanın sıkıntısından kızarmıştı. Ocağın kapağı, onu ele verircesine hâlâ açıktı; beceriksizce önüne geçerek ocağı bedeniyle gizlemeye çalıştı. Kocası masaya yaklaştı, purosu için bir kibrit yaktı. Alevi yüzüne yaklaştırdığında Irene onun burun kanatlarında bir titreme görür gibi oldu, bu her zaman kocasının öfkeli olduğunu ele veren bir işaretti. Fakat o sükûnetle yüzüne bakarak şunları söyledi: "Sana sadece bana mektuplarını göstermek zorunda olmadığını hatırlatmak istiyorum. Benden saklamak istediğin bazı şeyler varsa bunda tümüyle özgürsün!" Irene bir şey söylemedi, ona bakmaya cesareti yoktu. Kocası bir an bekledi, sonra purosunun dumanını göğsünün derinliklerinden çeker gibi kuvvetli bir nefesle salıverdi ve ağır adımlarla odadan çıkıp gitti.

Irene artık hiçbir şey düşünmemek, sadece yaşamak, kendini uyuşturmak ve ruhunu boş ve anlamsız uğraşlarla oyalamak istiyordu. Evde olmaya da katlanamıyordu, dehşetten delirmemek için sokağa çıkması, insanların arasına karışması gerektiğini hissediyordu. O yüz kronla şantajcıdan hiç olmazsa birkaç günlük özgürlüğünü satın almış olduğunu umuyordu, cesaret gösterip tekrar bir gezintiye çıkmaya karar verdi, hem bazı işlerini halledecekti hem de davranışlarındaki farklılığı evdekilerin gözünden gizlemiş olacaktı. Artık belli bir kaçış yolu bulmuştu. Daha evin kapısından gözlerini yumup bir tramplenden atlar gibi kendini caddenin kalabalığına atıyordu. Bir kez asfaltı ayaklarının altında, sıcak insan kalabalığını etrafında hissetti mi gergin bir telaş içinde, tekrar o tehlikeli bakışlarla karşılaşabileceği korkusuyla gözlerini yere dikerek, bir hanımefendinin dikkat çekmeden yürüyebileceği kadar hızla, körlemesine yürümeye başlıyordu. Eğer izleniyorsa en azından bunu bilmek istemiyordu. Fakat yine de bundan başka bir şey düşünmediğini ve biri tesadüfen bedenine sürtünecek olsa korkuyla irkildiğini fark ediyordu. Yaklaşan her adım, her ses, geçip giden her gölge sinirlerini acıtarak geriyordu; sadece eğer bir arabada veya yabancı bir evdeyse rahat nefes alabiliyordu.

Bir bey Irene'ye selam verdi. Başını kaldırınca eski aile dostunu tanıdı; sevimli, geveze bir ihtiyardı, saatlerce ufak tefek, belki de vehmettiği rahatsızlıklarını anlatarak insanı esir aldığı için genellikle onunla karşılaşmamayı yeğlerdi. Ama bugün selamını kuru bir teşekkürle geçiştirip yol arkadaşlığını istememiş oluşuna üzüldü, çünkü bir tanıdık, o şantajcının beklenmedik biçimde karşısına çıkıvermesine karşı bir korunma olurdu. Irene bir an durakladı, dönüp aile dostuna yetişmek istiyordu ki, aniden birisi arkasından yetişmeye çalışıyormuş gibi hissetti ve hiç düşünmeksizin içgüdüsel olarak hızlandı. Fakat korkunun insafsızca bilediği bir sezgiyle peşindekinin de hızlandığını duyuyor ve kaçış olmadığını bilmesine rağmen kendisi de hızlanıyordu. Bir elin neredeyse dokunacağı duygusuyla omuzları ürperdi, ardındaki adımları giderek daha yakınında hissediyordu. Takipçisi artık neredeyse dibindeydi ve arkasından ısrarcı, ama cılız bir sesin "Irene!" dediğini duydu. Sesin sahibinin kim olabileceğini düşündü, ama o felaket elçisi rezil kadın olmadığı kesindi. Rahat bir soluk alarak arkasına döndü. Aniden durduğu için neredeyse üzerine devrilecek gibi olan âşığıyla burun buruna geldi.

Şaşkınlık içindeki solgun yüzünden heyecan okunuyordu, Irene'nin hayretini gördüğünde bir de utanç karıştı ifadesine. Tokalaşmak için duraksayarak elini uzattı, Irene karşılık vermeyince tekrar geri çekti. Bir iki dakika kadar delikanlının sadece yüzüne baktı, onunla karşılaşmak o kadar beklemediği bir şeydi. Korku dolu bütün o günler boyunca unuttuğu tek kişi o olmuştu. Fakat şimdi onun çaresizce bir boşluk ifadesi taşıyan sorularla dolu solgun yüzünü yakından gördüğünde içinde aniden sıcak bir öfke dalgası köpürdü. Bir şeyler söylemek için dudakları kıpırdıyordu ve öfkesi yüzünden o kadar belli oluyordu ki genç adam korkarak kekeledi: "Irene, neyin var?" Irene'nin sinirli bir hareketini görünce de sinerek ekledi: "Ben ne yaptım sana?"

Irene öfkesini doğru dürüst bastırmayı başaramadan âşığına baktı. "Bana ne mi yaptınız?" diyerek alayla güldü. "Hiç! Hiçbir şey! Sadece iyilik, sadece güzellik."

Genç adam ona hayretle baktı, şaşkınlıktan ağzı açık kalmıştı; bu hali görüntüsünün bönlüğünü ve gülünçlüğünü daha da artırıyordu. "Fakat Irene... Irene!"

"Olay çıkartmayın!" diye sertçe azarladı Irene. "Bana komedi oynamaya da kalkışmayın. O şirin sevgiliniz buralarda bir yerde pusuya yatmıştır yine, birazdan yakama yapışır..."

"Kim... kim yani?"

Irene onun o budala, şaşkın suratına bir yumruk indirmeyi ne kadar isterdi! Şemsiyesini sımsıkı kavradığını hissetti. Daha önce hiçbir zaman bir insandan bu kadar nefret etmemiş, kimseyi bu kadar hor görmemişti.

"Ama Irene... Irene!" diye giderek daha büyük bir şaşkınlıkla kekeliyordu âşığı. "Ben sana ne yaptım? Bir anda ortadan kayboldun. Gece gündüz seni bekliyorum... Bugün seninle bir dakikacık konuşabilmek için bütün gün evinin önünde bekledim."

"Sen de mi... demek sen de bekledin." Duyduğu öfkeden saçmalamaya başladığını hissediyordu. Suratına bir tane patlatabilse kendini ne kadar iyi hissedecekti! Fakat kendine hâkim oldu, ona bir kez daha içini yakan bir tiksintiyle baktı; bir yandan da, içimde birikmiş onca öfkeyi bir hakaretle yüzüne çarpsam mı, diye düşünüyordu, fakat ansızın döndü ve bir daha arkasına bakmadan kalabalığın içine karıştı. Âşığı, elleri hâlâ yalvarır gibi açık, çaresizlik içinde ve korkmuş bir halde, orada öylece kalakaldı. Sonra caddenin kalabalığı onu kavradı ve fırtınaya kapılmış döne savrula direnmeye çalışan bir yaprağın sonunda sürüklenip gitmesi gibi uzaklara atıverdi.

Bu insanla bir zamanlar ilişkisi olması, Irene'ye birden gerçekdışı ve anlamsız görünmeye başlamıştı. Hiçbir şeyini hatırlamıyordu, ne gözlerinin rengini ne yüzünün şeklini; ne de bedeninde okşamalarından bir iz vardı, sözlerinden de, o köpekçe yalvarmasından, "Ama Irene!" diye çaresizlikle kekelemesinden başka bir şey gelmiyordu aklına. Başına gelen bu felaketin sebebi o olmasına rağmen bütün bu günler boyunca bir kez olsun, rüyasında bile onu düşünmemişti. Yaşamında hiçbir yeri, hiçbir çekiciliği yoktu, bir anısı bile kalmamıştı. Bir zamanlar bu adamın dudaklarını dudaklarında hissetmiş olduğuna şimdi inanamıyordu. Onunla hiçbir zaman yakınlaşmamış olduğuna yemin edebilirdi. Irene'yi onun kollarına iten ne olmuştu, hangi dehşet verici çılgınlıkla, şimdi ne yüreğinin kavradığı ne aklının aldığı böyle bir maceraya sürüklenmişti? Artık hiçbir şeyi anlamıyordu, bu olaydaki her şeye yabancıydı, kendisine bile.

Fakat şu dehşet dolu altı gün boyunca her şey farklılaşmamış mıydı? Bu kemirici korku hayatını asit gibi eritip darmadağın etmişti. Şeylerin ağırlığı bir anda değişmiş, bütün değerler altüst olmuş, ilişkiler karışmıştı. O ana kadar yaşamında hep duyuları uyuşuk, gözleri yarı kapalı, el yordamıyla dolaşmış gibi hissediyordu şimdi kendini. Bir anda her şey içten aydınlatılmış gibi müthiş derin bir berraklık kazanmıştı. Şimdi daha önce hiçbir zaman dokunmadığı şeyler, soluğu kadar yakınına gelmişti ve artık gerçek yaşamının anlamını onların verdiğini biliyordu. Öte yandan bir zamanlar önem verdiği pek çok şey de, bir sis gibi dağılıp hayatından uzaklaşmıştı. Şimdiye kadar hep, varlıklı çevrelerin şen insanları arasında, hareketli bir sosyal ortam içinde, aslında sadece kendisi için yaşamıştı; fakat şimdi, kendi evinde hapis kaldığı şu bir haftadan beri onlardan uzak durmakta zorlanmıyordu, aksine bu avare insanların boş eğlencelerinden tiksinmeye başlamıştı ve ilk kez hissettiği bu güçlü duyguları ister istemez daha önceki eğilimlerinin yüzeyselliğiyle karşılaştırıyordu. Kendi geçmişine bir uçuruma bakar gibi bakıyordu. Sekiz yıllık evliliğinde, mutluluğunun fazla sıradan olduğuna hükmederek kocasına yakınlaşmaya çalışmamış, ona ve kendi çocuklarına yabancı kalmıştı. Çocuklarıyla arasına her zaman maaşlı insanlar, onu irili ufaklı bütün yüklerinden kurtaran mürebbiye ve hizmetçiler girmişti, –şimdi çocuklarının hayatlarına daha yakından bakmaya başladığından beri– bu yüklerin erkeklerin istekli bakışlarından daha cezp edici ve bir kucaklaşmadan daha rahatlatıcı olduğunu görüyordu. Hayatı yavaş yavaş yeni bir anlam kazanıyor, ilişkileri birdenbire ciddi ve önemli yanlarıyla görmeye başlıyordu. Tehlikeyle, dolayısıyla gerçek duygularla tanıştığından beri en uzağındakine kadar bütün hallerle bir ortaklık hisseder olmuştu. Kendini her şeyde hissedebiliyordu, onun için eskiden cam gibi saydam olan dünya şimdi aniden kendi gölgesiyle kararararak bir aynaya dönüşmüştü. Baktığı, izlediği her şey bir gerçeklik kazanmıştı birdenbire.

Mürebbiyeleri onlara masal okurken çocuklarıyla oturdu. Masaldaki prensesin, sarayının bütün odaları içinde, kapısı gümüş anahtarla kilitlenmiş olan bir tanesine girmemesi gerekiyordu, ama o yine de girip kendi felaketini hazırlıyordu. Kendi kaderi de böyle değil miydi, yasak olan onu da baştan çıkarıp felakete sürüklememiş miydi? Daha bir hafta önce çocukça bularak gülüp geçtiği bu masalda şimdi derin bir bilgelik görüyordu. Gazetede baskı altında kalınca gammazlık eden bir subayın hikâyesini okumuştu. Halinden anlayarak korkuyla ürperdi. Birkaç günlük huzur, geçici bir mutluluk satın alacak parayı bulmak için kendisi de olmayacak işlere kalkışmaz mıydı? Her intihar haberi, her suç ve umutsuzluk olayı artık Irene'nin ilgi alanındaydı. Her şey ona kendini hatırlatıyordu, hayat yorgunları, çaresiz insanlar, baştan çıkarılan hizmetçi kız, terk edilmiş çocuk, hepsi kendi kaderinin bir parçası gibiydi. Bir anda yaşamın tüm zenginliğini hissetmeye başlamıştı ve artık yaşamında tek bir saati bile anlamsız geçirmeyeceğini biliyordu. Şimdi her şeyin sonuna yaklaştığı sırada ilk kez bir başlangıç hissediyordu. Tüm yeryüzüyle kaynaşmış olmanın muhteşemliğini bu sefil kadının kaba yumrukları mı bozacaktı? İlk kez dahil olma yeterliliğini hissettiği bu yücelik ve güzellik tek bir hata yüzünden darmadağın mı olacaktı?

Ve... ve niçin bu kadar ufak bir suç için bu kadar korkunç bir cezayla karşılaşmıştı! Farkına varmadan anlamlı bulduğu bir felaket karşısında körlemesine direnmeye çalışıyordu. Kendilerine para karşılığında âşıklar tutan, hatta onların kucağında kocalarını alaya alan kibirli, küstah, şehvetli onca kadın tanıyordu; bütün dünyaları yalan olan, sahtekârlıkla güzelleşen, izlendikçe güçlenen, tehlike altındayken zekileşen kadınlar. Oysa kendisi ilk korkutucu olayda, yaptığı ilk hatada gücünü yitirip çözülmüştü.

Gerçekten suçlu muydu acaba? Ruhunun derinliklerinde o insana, âşığına yabancı olduğunu, ona hiçbir zaman gerçek yaşamının bir parçasını sunmadığını hissediyordu. Ondan hiçbir şey kabul etmemiş, ona hiçbir armağan da vermemişti. Geçmişte kalmış, unutulmuş yaşantılar kendi suçu olamazdı. Hiç anlayamadığı, hatta hafızasında bile canlandıramadığı başka bir kadına aitti hepsi. Zamanın çoktan sildiği bir hata için cezalandırılabilir miydi insan?

Birden korkuya kapıldı. Bunların kendi fikirleri olmadığını hissetmişti aniden. Peki kimden duymuştu? Daha birkaç gün önce yakın birinden duymuş olmalıydı. Düşünüp de, bu fikirleri aklına düşürenin kendi kocası olduğunu hatırlayınca korkuya kapıldı. Bir davadan yeni çıkmıştı, heyecan içindeydi, benzi solgundu, her zaman az konuşan o insan, rastlantıyla bir arada oldukları arkadaşlarının da yanında şunları söylemişti: "Bugün suçsuz biri hüküm giydi." Devamını sorduklarındaysa, bir adamın üç yıl önce yapmış olduğu bir hırsızlıktan ötürü cezalandırıldığını söylemişti; bunun haksız olduğu kanaatindeydi, çünkü üstünden üç yıl geçtikten sonra o artık aynı insan değil, suç onun suçu değildi. Başka bir insan cezalandırılmıştı, üstelik iki misli, çünkü bu üç yıl boyunca zaten sürekli suçunun ortaya çıkartılacağının tedirginliğiyle kendi korkularının zindanında yaşamıştı.

Dehşetle, bunları anlattığında kocasına karşı çıkmış olduğunu hatırladı. Yaşama yabancı duyuları, bir suçluyu her zaman burjuva refahına zarar veren, ne olursa olsun engellenmesi gereken bir unsur olarak algılamıştı. Kendi gerekçelerinin ne kadar acınası, kocasınınkilerinse ne kadar insancıl ve adil olduğunu ancak şimdi kavrayabiliyordu. Fakat şimdi kendi durumu söz konusu olduğunda, bir erkeği değil de, macerayı sevmiş olduğunu anlayabilir miydi? Fazla iyiliğiyle, Irene'nin hayatını içine hapsettiği uyuşturucu rahatlıkla bunda kendi payının da bulunduğunu görebilir miydi? Kendisiyle ilgili bir olayda da adil bir yargılayıcı olabilir miydi?

Ne var ki Irene'nin sevinçli umutlara kapılmaması için gereken yapılıyordu. Hemen ertesi gün bir mektup daha geldi ve biraz hafiflemiş olan korkusunu alevlendiriverdi. Bu kez iki yüz kron isteniyordu, hiç direnmeden verdi. İstenen meblağın bu denli artırılmasından dehşete düşmüştü, altından kalkması maddi olarak da imkânsızdı, varlıklı bir aileden gelmesine rağmen daha büyük miktarlar harcaması dikkat çekerdi. O halde ne yapacaktı? Yarın dört yüz, çok geçmeden bin isteyecekti, ne kadar çok verirse miktar o kadar yükseltilecekti, olanakları tükendiği anda da imzasız bir mektup gelecek ve her şey sona erecekti. Satın aldığı sadece zamandı, bir soluklanmaydı, iki üç günlük, belki bir haftalık bir molaydı, eziyet ve gerilim yüklü, korkunç değersiz bir zaman. Haftalardır uykuları bozulmuştu, uyanık kalmaktan beter rüyalar görüyordu; nefes alamıyor, özgür hareket edemiyordu, huzurunu, meşgalelerini yitirmişti. İçindeki korku iblisçe peşindeyken ne okuyabiliyor ne başka bir şey yapabiliyordu. Kendini hasta hissediyordu. Kalp atışları bazen o kadar şiddetleniyordu ki, bir yere oturmak zorunda kalıyordu. Huzursuz bir ağırlık, neredeyse canını yakan bir yorgunluğu tüm uzuvlarına yayıyor, ama bedeni yine de uykuya direniyordu. Korku tüm varlığını kemirerek boşaltmış, bedenini zehirlemişti. Irene içten içe, bu hastalığın artık görülebilir bir acı, insanların acıma duyabileceği gerçek, somut bir dert olarak dışa vurmasını diliyordu. Cehennemi azaplar çektiği böyle saatlerde hastaları kıskandığı oluyordu. Bir sanatoryumda, beyaz duvarlar arasında, beyaz bir yatakta yatmak, merhametle ve çiçeklerle çevrelenmek ne iyi olurdu, insanlar ziyaretine gelir, ona iyi davranırlardı ve çektiği acılara rağmen, uzaklarda iyiliksever, kocaman bir güneş gibi iyileşme umudu dururdu. İnsanın ağrısı, sancısı olduğunda hiç olmazsa bağırabilirdi, ama o sürekli olarak trajik bir biçimde komedi oynamak zorundaydı. Sinirleri yay gibi gerilmişken gülümsemesi, neşeli görünmesi gerekiyordu, bu sahte neşenin ne çabalara mal olduğunu, kendine hâkim olmak için her gün nasıl kahramanca bir güç harcadığını kimseler anlamıyordu.

Çevresindeki onca insandan yalnızca bir tanesinin, içinde yaşadığı dehşetin farkına vardığını düşünüyordu, o da kendisini gözetlediği için. Kendisinin sürekli kocasını kollayışı gibi onun da hep kendisiyle ilgili olduğunu hissettiği için iki kat dikkatli olmak zorundaydı. Diğerinin gizini öğrenmek ve kendilerininkini saklamak için gece gündüz birbirlerinin etrafında dolanıyorlardı. Son zamanlarda kocası da değişmişti. İlk günlerdeki yargılayıcı tavrındaki tehditkâr sertlik yerini, Irene'ye ister istemez nişanlılık günlerini hatırlatan tuhaf bir şefkate ve ilgiye bırakmıştı. Karısına bir hastaya davranır gibi davranıyor, ince dikkatiyle onu şaşırtıyordu. Irene, hak etmediği bunca sevgi karşısında hem utanıyor hem de bunun sırrını beklenmedik bir anda, bitkin düşmüş ellerinin arasından çekip alıvermek için kullandığı bir hile olabileceğini düşünerek korkuyordu. Uykusunda bağırışlarını dinlediği geceden, eve gelen mektubu elinde gördüğü günden beri sanki güvensizliği bir merhamete dönüşmüş gibiydi. Kocasının ona güven vermek için gösterdiği yumuşaklıkla Irene bazen sakinleşip uysallaşıyor, ama bir an sonra yine kuşkulara teslim oluyordu. Bu sadece bir hile miydi, savcının zanlıyı kandırmak için kullandığı bir yem miydi, itirafa yönlendirmek için güvenini kazanıp bir anda savunmasız ortada bırakmak için kurduğu bir tuzak mıydı? Yoksa artık bu durmadan birbirini izleme ve gözetleme halinin tırmanması kocası için de katlanılmaz bir hal mi almıştı, Irene'nin çektiği belli olan ve her gün daha fazla göze batan acılardan o da gizli gizli üzüntü duymaya mı başlamıştı? Kocasının bazen önüne adeta kurtarıcı bir sözcük uzattığını, itirafını ne kadar kolaylaştırdığını hissediyordu; onun niyetini anlıyor, bu iyiliğine minnettar oluyordu. Ama bir yandan da kocasına karşı daha güçlü duygular beslemeye başlamasının utancını artırdığını ve ona açılmasını, eski yargılayıcı halinden daha fazla engellediğini hissediyordu.

O günlerden birinde kocası Irene'yle açıkça göz göze konuştu. Sokaktan eve dönmüş ve holde içeriden yükselen sesleri duymuştu, kocasının sert ve kararlı sesi, mürebbiyenin karşı çıkışları, çocukların ağlamaları ve iç çekişleri birbirine karışıyordu. Irene'nin ilk hissettiği şey korku oldu. Ne zaman seslerin yükseldiğini duysa veya evde bir gerilim hissetse ürperiyordu. Olağandışı her şey karşısında gösterdiği ilk tepki korkuydu, mektubun gelmiş ve sırrını ortaya çıkartmış olabileceğinden duyduğu o yakıcı korku. Evin kapısından içeri her girişinde ilk yaptığı şey, yokluğunda bir şey olup olmadığını, felaketin kopup kopmadığını anlamak için tedirgin bir merakla yüzleri incelemek oluyordu. Bu seferkinin sadece çocukların kavgası olduğunu çok geçmeden anlayıp sakinleşti. Hemen orada kendiliğinden bir mahkeme kuruluvermişti. Birkaç gün önce halası oğlana bir oyuncak getirmişti, alacalı bir tahta at; kendisine verileni az bulan küçük kız ise bunu kıskanmış, küsmüştü. Boşu boşuna hak iddialarında bulunmuş, öyle hırsla uğraşmıştı ki oğlan da sonunda onun atına dokunmasını yasaklamıştı. Bunun karşısında küçük kız önce büyük bir öfkeye kapılmış, sonra da bunaltıcı, sinik, inatçı bir suskunluğa bürünmüştü. At ertesi sabah birdenbire ortadan kaybolmuş, oğlanın bütün aramaları sonuçsuz kalmıştı. Sonunda kayıp at parçalanmış olarak ocağın içinde bulunmuştu; tahta kısımları kırılmış, alacalı derisi yırtılmış, içi deşilmişti. Elbette bütün kuşkular kızın üzerinde toplanıyordu; oğlan hain küçük kızı şikâyet etmek için ağlayarak babasının kucağına atılmıştı, tam o sırada sorgu başlıyordu.

Irene yoğun bir kıskançlığa kapıldı. Çocuklar niçin bir sorunları oldu mu hep babalarına giderler de hiç kendisine gelmezlerdi? Öteden beri bütün sorunlarını ve şikâyetlerini babalarına açarlardı, o zamana kadar Irene de bu küçük dertlerden uzak kalmaktan hoşnutluk duymuştu, ama şimdi bu ilişkideki sevgi ve güveni hissedip kıskanmıştı.

Bu küçük dava çok geçmeden karara bağlandı. Elbette kız önce gözlerini ürkekçe yere eğerek sesinde kendini ele veren bir titremeyle inkâr etti. Mürebbiye aleyhinde tanıklık etti, küçük kızın öfkeyle atı pencereden aşağı atma tehdidini savurduğunu duymuştu. Kız boş yere bunu inkâr etmeye çabaladı. Ümitsizlikle hıçkıra hıçkıra küçük bir yaygara kopardı. Irene kocasına baktı, sanki orada kızını değil de, kendi kaderini yargılıyormuş gibi geldi; belki yarın o da sesinde aynı çatallanmayla, aynı şekilde titreyerek kocasının karşısında duracaktı. Çocuk yalanında ısrar ettiği sürece kocası bakışlarını yumuşatmadı ve kızı itiraz ettiğinde hiç öfkelenmeden adım adım onun direncini kırmaya başladı. İnkârı katı bir inada dönüştüğünde, onunla iyilikle konuşup, yaptığı işin belki gizli bir nedeni olduğunu ve böyle kötü bir şeyi, ağabeyini ne kadar üzeceğini düşünmeden öfke içinde yaptığı için bir ölçüde anlayış gösterilebileceğini hissettirdi. Giderek kendinden kuşkuya düşen kızına, yaptığının anlaşılabilir, ama yine de eleştirilmesi gereken bir durum olduğunu öyle sıcak ve etkileyici bir dille açıkladı ki, çocuk sonunda bağıra bağıra ağlamaya başladı. Az sonra da gözyaşları arasında kekeleyerek nihayet itirafta bulundu.

Irene ağlayan kızını kucaklamak için hemen atıldı, ama çocuk onu öfkeyle itti. Kocası da işaret ederek bu aceleci merhametten vazgeçmesi için uyardı, çünkü bu olayı cezasız geçiştirmek istemiyordu. Küçük olmakla birlikte çocuğu etkileyecek bir ceza verdi, ertesi gün gidilecek bir eğlenceye katılmasını yasakladı. Küçük kız haftalardır bunun hayalini kuruyordu. Cezasını ağlayarak dinledi; oğlansa güle oynaya zaferini kutlamaya başladı; fakat bu zamansız ve kindar kibir anında ona da bir cezaya mal oldu. Kardeşinin üzüntüsü karşısında sevinç gösterdiği için aynı eğlence ona da yasaklandı. Çocukların ikisi de üzgün, ama aynı cezayı paylaştıkları için avunarak sonunda odalarına çekildiler ve Irene kocasıyla baş başa kaldı.

Şimdi birden, imalar yerine çocuğun suçunu konuşma maskesi ardında kendi itirafını yapmak için sonunda bir fırsat bulduğunu hissetmişti. Bir rahatlama duygusuna kapılarak, örtük biçimde günah çıkartıp merhamet dileyebileceğini düşündü. Çünkü Irene'nin kızından yana çıkmasını olumlu karşılarsa, bunu kendini savunma cesaretini göstermek için bir işaret kabul edebilirdi.

"Söylesene Fritz," dedi, "çocukları yarın eğlenceye göndermeyecek misin gerçekten de? Çok üzülecekler, özellikle de küçük. Yaptığı o kadar da kötü bir şey değildi. Niçin bu kadar sert bir ceza veriyorsun? Küçük kızına acımıyor musun hiç?"

Kocası yüzüne baktı. Sonra rahatça oturdu. Konuyu ayrıntılı olarak ele almaya istekli görünüyordu ve Irene hem rahatlatıcı hem ürkütücü bir önseziyle onun her sözcüğünü irdeleyerek tartışacağını hissediyordu. Kocasının muhtemelen kasıtlı olarak uzattığı suskunluğun sona ermesini sabırsızlıkla bekledi.

"Küçüğe acıyıp acımadığımı sordun, değil mi? Cevabım, artık acımıyorum, olacak. Çünkü bu zor gelse de, cezalandırıldığı andan itibaren içi rahatlamıştır. Asıl dün mutsuzdu, zavallı atı kırıp ocağa attıktan sonra evdeki herkes onu ararken, her an, her dakika bulunacağı korkusuyla yaşıyordu. Korku cezadan çok daha beterdir, çünkü ceza bellidir, ağır da olsa, hafif de, hiçbir zaman belirsizliğin dehşeti kadar, o sonsuz gerilimin ürkünçlüğü kadar kötü değildir. Kızımız da cezası kesinleşir kesinleşmez hafifledi. Ağlaması seni şaşırtmamalı, bu sadece bir boşalmaydı, önceden baskı altında içinde duruyordu. İçte tutulan gözyaşları akıtılanlardan daha acıtıcıdır. O eğer çocuk olmasaydı veya içini en gizli noktasına kadar görme olanağımız olsaydı, inanıyorum ki aldığı cezaya ve döktüğü gözyaşlarına rağmen, dün olduğundan çok daha hoşnut olduğunu görürdük. Oysa dün, görünürde kaygısızca ortalıkta dolaşıyordu ve kimse onu suçlamıyordu."

Irene başını kaldırdı. Kocasının her sözcüğüyle kendisini hedef aldığını sanıyordu. Ama kocası ona hiç dikkat etmeden, belki de yaptığı jesti yanlış anlayarak, daha da kararlı bir tonda devam etti:

"Bana inan, bu gerçekten böyledir. Bunu davalardan da, soruşturmalardan da biliyorum. Sanıklar en fazla, gerçeği gizlemelerinin, her şeyin anlaşılacağı tehlikesinin ve bir yalanı sayısız saldırı karşısında savunmak zorunda olmalarının üzerlerinde yarattığı o dehşetli baskının eziyetini çekerler. Suçun da, kanıtın da, belki kararın bile çoktan hâkimin elinin altında hazır olduğu davaları izlemek korkunçtur; eksik olan sadece itiraftır, o da sanığın içinde saklıdır ve ne kadar çekiştirse, zorlasa da bir türlü dışa vurulamaz. İtirafı, direnen etinin içinden bir kancayla yırtıp çıkartmak gerektiği için sanığın kıvranıp durmasını izlemek tüyler ürperticidir. Bazen yukarıda, gırtlağına yakın bir yerdedir, içeriden dayanılmaz bir güçle yukarı doğru itilir, sanık boğulacak gibi olur, neredeyse itiraf edecektir, o anda yine o karşı konulmaz uğursuz güce yenilir, o anlaşılması güç inat ve korkunun esiri olup itirafı gerisin geriye yutuverirler. Ve kavga yeniden başlar. Bazen hâkim böylesi durumlarda sanıktan çok daha fazla azap duyar. Oysa sanık, aslında yardımcısı olan hâkimi her zaman bir düşman olarak görür. Ve benim müvekkilimi itiraf etmemesi için avukatı olarak uyarmam, yalanlarını desteklemem ve pekiştirmem gerekir, değil mi? Ama içimde çoğunlukla bu cesareti bulamam; çünkü itiraf etmemek, itiraf edip de ceza almaktan daha büyük bir azap onlar için. Aslına bakarsan hâlâ anlayamadığım şey, insanın tehlikesini bilerek bir suçu işledikten sonra itiraf etme cesaretini bulamayışıdır. İtirafı engelleyen bu basit korkuyu her türlü suçtan daha zavallıca buluyorum."

"Sence... sence... insanları engelleyen şey, her zaman korku mudur? Acaba... acaba... utanç olamaz mı... herkesin önünde kendini ortaya koymanın... örtüsüz kalmanın utancı... olamaz mı?"

Kocası hayretle ona baktı. Karısından bir yanıt gelmesine alışkın değildi. Fakat söylediklerinden büyülenmişti.

"Utanç diyorsun, bu... bu da bir tür korku sadece... ama daha nitelikli bir korku... Cezadan değil de... evet, anlıyorum..."

Ayağa kalktı, tuhaf bir heyecana kapılmıştı, bir aşağı bir yukarı gidip gelmeye başladı. Karısının söyledikleri içinde bir yerlere dokunmuş olmalıydı, şimdi orada bir titreme, güçlü bir kıpırtı var gibiydi. Birdenbire durdu.

"Kabul ediyorum... İnsanlardan, yabancılardan utanmak... gazete haberlerinde başkalarının kaderlerini peynir ekmek gibi yiyip yutanlardan utanmak... olabilir... Fakat işte bu yüzden insan hiç olmazsa yakın hissettiklerine itirafta bulunmalıdır... Geçen yıl savunmasını üstlenmiş olduğum kundakçıyı hatırlıyor musun... benimle tuhaf bir samimiyet geliştirmişti... her şeyini anlatıyordu, çocukluğundan hikâyeler... hatta özel şeyler... Anlıyor musun, suçu işlediği kesindi, hüküm de giydi... fakat bana bile itiraf etmemişti... bunun nedeni utanç değil, korkuydu, onu ele verebilirdim... sanırım, yaşamında dostluğa benzer bir şeyler hissettiği tek kişi bendim... yani bana söylememesi yabancılar karşısındaki utanç olamaz... çünkü bana güveniyordu..."

"Belki de," dedi Irene ve hem kocası kendisine bakmakta olduğundan, hem de sesinin titrediğini fark ettiği için, başını çevirmek zorunda kaldı, "belki de insan... en büyük utancı... kendine en yakın hissettiklerine karşı duyar."

Kocası sanki içindeki bir güç tarafından engellenmiş gibi aniden durdu.

"Yani sen... sen..." sesi bir anda çok değişmiş, yumuşamış ve boğuklaşmıştı, "Helene'nin... suçunu bir başkasına itiraf etmesinin çok daha kolay olabileceğini ileri sürüyorsun... örneğin mürebbiyeye..."

"Bundan eminim... karşısında sen olduğun için... senin yargın onun için çok önemli olduğu için... onca direnç gösterdi... en çok... en çok... seni sevdiği için..."

Kocası tekrar durdu.

"Belki... belki de haklısın... hatta kesinlikle... ne tuhaf... işte böyle bir şey hiç aklıma gelmedi... ne kadar basit oysa... Çok sert davrandım belki de... beni tanıyorsun, öyle olmak istemem. Şimdi hemen onun yanına gidiyorum... elbette eğlenceye katılabilir... ben sadece onun inadını, direncini cezalandırmak istemiştim... bir de bana güvenmeyişini... Fakat sen haklısın Irene, bağışlayıcı olmadığımı düşünmeni istemem... bunu hiç istemem..."

Karısının yüzüne baktı ve Irene onun bakışları altında kızardığını hissetti. Kocası belli bir amaçla mı böyle konuşuyordu, yoksa yalnızca bir rastlantı, sinsi, tehlikeli bir rastlantı mı söz konusuydu? O korkunç kararsızlığı hâlâ hissediyordu.

"Karar bozuldu," kocası birden neşelenmiş gibiydi – "Helene artık özgür, hemen kendim gidip haber vereceğim. Şimdi benden hoşnut musun? Yoksa başka bir isteğin daha var mı? Bak... bak işte... bugün keyfim çok yerinde... belki de tam zamanında bir haksızlığın farkına vardığım için. Bu insanı her zaman rahatlatır Irene, her zaman..."

Irene bu sözcüklerin tınısında gizli olan anlamı anladığını sandı. İster istemez kocasına yaklaştı, sözcüklerin dilinin ucuna geldiğini hissediyordu, Irene'yi böylesine ezdiği belli olan yükü bir an önce üstünden almak ister gibi kocası da ona doğru ilerledi. O sırada kocasının bakışlarını gördü, içlerinde itiraf isteyen bir hırs, Irene'nin varlığındaki bir şeye karşı yakıcı bir sabırsızlık vardı ve ansızın Irene'nin ruhunda bir şeyler çöküverdi. Elleri bitkinlikle iki yanına sarktı ve başını çevirdi. Boşuna olduğunu hissediyordu, içini kavuran ve huzurunu kemiren o özgürleştirici sözcükleri asla söyleyemeyecekti. Yakınlardaki bir gök gürültüsü gibi uyarının geldiğini görüyor, ama kaçamayacağını biliyordu. Gizliden gizliye o zamana kadar korktuğu şeyin gerçekleşmesini, o kurtarıcı yıldırımın düşmesini özlüyor, artık suçunun ortaya çıkmasını istiyordu.

İstediği umduğundan da çabuk gerçekleşeceğe benziyordu. Verdiği mücadele iki haftadır sürüyor ve Irene artık gücünün sonuna geldiğini hissediyordu. Dört gündür kadından ses çıkmıyordu, fakat korku bedenine öyle işlemiş, kanına öyle karışmıştı ki, kapı her çaldığında, bir şantaj mektubu gelmişse diye kendi almak için yerinden fırlıyordu. Bu telaşında bir sabırsızlık, neredeyse bir özlem vardı, çünkü her ödemeyle, hiç olmazsa bir akşamlık huzur, çocuklarla geçirilecek birkaç dingin saat, bir gezinti satın almış oluyordu. O akşam ve ertesi gün boyunca rahat nefes alabiliyor, sokağa çıkabiliyor veya arkadaşlarına gidebiliyordu, fakat uykunun bilgeliğini, sürekli yakınında olan tehlikenin böyle zayıf bir avuntuyla geçiştirilebileceğine ikna etmek mümkün değildi, gecelerine yine korkulu rüyalar eşlik ediyordu.

Hizmetçilerden önce davranmasının kuşku uyandıracağını ve kolaylıkla düşmanca tahminlere yol açacağını bilmesine rağmen, Irene kapı çaldığında yine derhal yerinden fırlayıp açmaya koşuyordu. Sokakta peşinde bir ayak sesi duyduğunda, telefon veya kapı çaldığında tüm bedeni sanki bir kırbaç darbesi yemiş gibi şahlanırken, aklın küçük direnişleri o kadar zayıf kalıyordu ki. İşte yine kapı zilinin sesi onu odasından fırlatıp kapıya koşturmuştu, açtığında yabancı bir hanımla karşılaşınca şaşırdı, ama anında dehşetle geri çekildi, karşısındaki yeni giysiler ve şık bir şapka giymiş olan şantajcı kadının nefretlik yüzünü tanımıştı.

"Ah, kendiniz açtınız demek, Bayan Wagner, benim için daha iyi. Sizinle konuşmam gereken önemli şeyler var." Ve titreyen eliyle kapı tokmağına tutunan korku içindeki Irene'nin yanıtını beklemeden içeriye daldı, parlak kırmızı renkli güneş şemsiyesini bir kenara bıraktı, muhtemelen ilk koparttığı şantaj paralarıyla edindiği bir ganimetti bu. Kendi evindeymişçesine müthiş bir güvenle hareket ederek, kendinden hoşnut ve gayet rahat, evdeki değerli eşyaları gözden geçirerek, davet beklemeden konuk odasının aralık kapısına doğru yürüdü. "Burası, değil mi?" diye sordu gizlemeye çalıştığı bir alayla, hâlâ konuşacak güç bulamayan Irene'nin engellemeye çalışan bir hareket yaptığını görünce de yatıştırırcasına ekledi: "Eğer rahat değilseniz işimizi çabuk da halledebiliriz."

Bayan Irene karşı çıkmadan kadının peşinden gitti. Şantajcısının evinin içinde olduğunu bilmek, en korkunç tahminlerini bile aşan bu rezillik, Irene'yi uyuşturmuş gibiydi. Her şey rüyasında olup bitiyordu sanki.

Kadın koltuğa yerleşirken gözle görülür bir hoşnutlukla hayranlığını dile getirdi: "Eviniz ne kadar güzel! Bu koltuk da pek rahatmış. Şu resimlere bakın, ne kadar çok. Bizim gibilerin ne kadar yoksul olduğunu ancak şimdi anlıyorum. Eviniz çok, çok güzel, Bayan Wagner."

O gaspçıyı kendi evinde rahat rahat oturur görmenin Irene'de biriktirdiği öfke sonunda patlak verdi. "Siz şantajcının birisiniz, benden daha ne istiyorsunuz? Evimin içine kadar peşimden geliyorsunuz. Fakat bana işkence etmenize izin verecek değilim. Ben... ben!.."

Kadın "Bu kadar yüksek sesle konuşmayın," diyerek çirkin bir teklifsizlikle sözünü kesti. "Kapı açık, hizmetçileriniz duyabilir. Benim için fark etmez. Benim sakladığım bir şey yok. Zaten hapse de girecek olsam halim şimdiki sefaletten daha kötü olamaz. Fakat siz Bayan Wagner, biraz daha dikkatli olmalısınız. Eğer öfkelenme ihtiyacı içindeyseniz kapıyı kapatayım. Fakat hakaretlerden hiç etkilenmediğimi de hemen söylemeliyim."

Bayan Irene'nin öfkeyle bir an için bilenen gücü, kadının direngenliği karşısında tekrar çözülüverdi. Kendisine verilecek görevi bekleyen bir çocuk gibi uysal ve huzursuz, öylece durup bekledi.

"Bakın Bayan Wagner, lafı uzatmak istemiyorum. Durumumun iyi olmadığını biliyorsunuz. Bunu size önceden de söyledim. Bugün kira ödemek için paraya ihtiyacım var. Uzun zamandır borçluyum zaten, ayrıca başka şeyler de var. Artık işlerimi biraz yoluna koymak istiyorum. Bu yüzden size geldim, yani bana yardım edesiniz diye – dört yüz kronluk bir yardım işte."

Gerçekten de nakit olarak elinde bulunmayan bu miktardan korkarak, "Bunu yapamam," diye kekeledi Bayan Irene. "Şu anda elimde bu kadar para yok. Bu ay size üç yüz kron verdim zaten. Bu kadar parayı nereden bulayım şimdi?"

"Elbet bir kolayı bulunur, hele bir düşünün. Sizin kadar zengin bir kadın istediği parayı bulabilir. Yeter ki istesin. Bir düşünün bakalım, Bayan Wagner, siz bir yolunu bulursunuz."

"Fakat hakikaten yok. Olsa vermez miydim? Ama bu kadar param yok sahiden. Yine de bir şeyler verebilirim... belki yüz kron..."

Kadın pazarlığa içerlemiş gibi kabalaşarak, "Size dört yüz krona ihtiyacım olduğunu söyledim ya," diye terslercesine konuştu.

"Fakat yok ki!" diye bağırdı Irene ümitsizlikle. Ya şimdi kocam gelirse, diye düşünüyordu bir yandan da.

Her an gelebilirdi. "Yemin ediyorum size, bu kadar param yok..."

"O halde bulmaya çalışın."

"Mümkün değil."

Kadın Irene'yi kıymet biçer gibi tepeden tırnağa süzdü.

"Eee... ya şu yüzük... Rehine verilse bu iş olur. Mücevherlerden pek anlamam... benim hiç olmadı... ama sanırım bu yüzük için dört yüz kron verirler..."

"Yüzük mü!" diye bağırdı Bayan Irene. Bu onun nişan yüzüğüydü, çok kıymetli ve güzel bir taşı olan, parmağından hiç çıkartmadığı değerli bir yüzüktü.

"Neden olmasın? Rehin senedini size gönderirim, istediğiniz zaman geri alırsınız. Bende kalmayacak ki. Benim gibi bir zavallı böyle değerli bir yüzüğü ne yapsın?"

"Niçin beni izliyorsunuz? Niçin bana eziyet ediyorsunuz? Yapamam... imkânsız... Bunu anlamalısınız... Elimden geleni yaptığımı görüyorsunuz. Bunu anlamalısınız. Bana acıyın artık!"

"Bana da kimse acımadı. Bıraktılar açlıktan gebereyim. Sizin gibi zengin bir kadına ben niçin acıyayım?"

Irene tam sert bir cevap verecekti ki, dışarıda bir kapının kapandığını duydu ve korkudan kanı dondu. Kocası ofisinden dönmüş olmalıydı. Hiç düşünmeden yüzüğü parmağından çıkartarak beklemekte olan kadına uzattı, yüzük kadının elinde bir anda ortadan kayboldu.

Irene'nin yüzündeki tarifsiz korkuyu görüp, gerginlikle dışarıya kulak kabarttığını fark edince, "Korkmayın, hemen gidiyorum," diye başını salladı kadın. Holden bir erkeğin ayak seslerinin geldiği açıkça duyuluyordu. Kadın kapıyı açtı, Irene'nin içeri girmekte olan kocasını selamladı ve çıkıp gitti. Adam ona bir an için şöyle bir baktı, ama üstünde durmadı.

Kapı kadının arkasından kapanır kapanmaz Irene kalan son gücünü de kullanarak, "Bir şey sormaya gelen bir kadındı," diye kocasına açıklamada bulundu. En kötü an atlatılmıştı. Kocası hiçbir karşılık vermeden sakince öğlen yemeği sofrasının hazır beklediği yan odaya geçti.

Irene, daha önce parmağında yüzüğün serin çember gibi koruduğu yerin şimdi ateş gibi yandığını ve boşluğunun bir damga gibi herkesin gözüne çarptığını sanıyordu. Yemek sırasında durmadan elini gizlemeye çalıştı, bunu yaparken de tuhaf bir biçimde hassaslaşarak kocasının sürekli eline baktığı ve hareketlerini izlediği duygusuna kapıldı. Onun dikkatini başka yöne çekmek, konu açmak için aralıksız soru sorarak tüm gücüyle çabaladı. Kocasına, çocuklara, mürebbiyeye durmadan bir şeyler anlattı, küçük küçük sorularla sürekli sohbeti canlandırmaya çalıştı, ama her seferinde soluğu kesiliyor, konuşmalar tıkanıp kalıyordu. Neşeli görünmeye, diğerlerini de neşelendirmeye çalıştı, çocukları şımartıp birbirlerine karşı kışkırttı, ama ne gülüştüler ne de didiştiler. Neşesinde diğerlerine garip gelen bir sahtelik vardı herhalde, bunu kendisi de hissediyordu. Kendini zorladıkça başarısız oluyordu. Sonunda yorulup sustu.

Diğerleri de susuyordu; Irene sadece tabakların hafif tıkırtısını ve içindeki korkunun kabaran sesini duyuyordu. O sırada kocası aniden bir soru sordu: "Bugün yüzüğünü takmadın mı?"

Irene irkildi. İçinde bir ses yükseledi: "Her şey bitti!" Fakat içgüdüsel olarak hâlâ direniyordu. O an tüm gücünü toplaması gerektiğini hissetti. Bir yalan bulmalıydı, son bir yalan daha.

"Ben... yüzüğü temizletmek için bıraktım."

Ve bu yalandan adeta güç almışçasına kararlılıkla devam etti: "Öbür gün alacağım." Öbür gün. İşte şimdi kendi elini kolunu bağlamıştı, eğer başaramazsa yalanı ortaya çıkacak, kendisi de mahvolacaktı. Süreyi kendi belirlemişti, bütün o korku karmaşasının içinden birden yeni bir duygu sıyrılıp çıktı, kesin hükmün yaklaştığını bilmenin verdiği bir tür mutluluk duygusu. İçinde bir şeyler boy atıyor, yeni bir güç yükseliyordu: Yaşama ve ölme gücü.

Kesin hükmün yaklaşıyor olmasının bilinciyle şimdi içinde beklenmedik bir berraklık yayılmaktaydı. Gerginlik yerini dingin düşüncelere, korku ise yerini Irene'nin yabancısı olduğu duru bir huzura bırakmıştı, bu sayede yaşamındaki her şeyi birdenbire saydam ve gerçek değerleri içinde görmeye başlamıştı. Yaşamını tartıyor, hâlâ ağır bastığını hissediyordu, onu koruyabilir ve şu korku dolu günlerin öğrettiği gibi yeni ve daha üst bir düzeye yükseltebilirse, temiz, güvenli ve yalansız bir başlangıç daha yapabilirdi, buna hazır olduğunu hissediyordu. Fakat boşanmış, kocasını aldatmış, adı bir rezaletle lekelenmiş bir kadın olarak yaşayacak gücü yoktu, satın alınmış ve süresi belli bir huzur için bu tehlikeli oyunu sürdürecek gücü de yoktu. Direnmenin artık söz konusu olamayacağını hissediyordu, sona yaklaşmıştı; kocası, çocukları, çevresindeki herkes, hatta kendisi bile kendine sırt çevirmeye hazırdı. Her an her yerde hazır bekleyen bir hasımdan kaçmanın olanağı yoktu. Kesin çözüm olan itiraf şansını da yitirmiş olduğunu biliyordu. Geriye tek bir yol kalıyordu, onun da dönüşü yoktu.

Yaşam hâlâ çekici geliyordu oysa. Bazen kışın kucağından fırlayıp gelen o muhteşem ilkbahar günlerinden biriydi, gökyüzünün sonsuz maviliği, bütün o kasvetli kış aylarından sonra taze bir soluk gibi geliyordu.

Çocuklar o yıl ilk kez giydikleri açık renkli giysileriyle koşturarak içeri girdiklerinde Irene onların bu taşkın sevincine gözyaşlarıyla karşılık vermemek için kendini zor tuttu. Çocukların neşesinin acıtıcı yankıları da içinde sönüp gittikten sonra kendi kararlarını azimle uygulamaya koyuldu. Önce yüzüğünü tekrar geri almayı deneyecekti, kader hakkında nasıl bir karar verirse versin, geride bırakacağı anıyı hiçbir kuşku karartmamalı, suçunun elle tutulur bir kanıtı kimsede kalmamalıydı. Irene'yi onlardan kopartıp alan korkunç sırrı hiç kimse, özellikle de çocuklar sezmemeliydi, kimseye sorumluluk yüklemeyen bir rastlantı gibi görünmeliydi.

Önce, hemen hemen hiç takmadığı aile yadigârı bir mücevheri takas etmek için rehinciye gitti, bu parayla kendisini ele verebilecek yüzüğü o kadından geri almak istiyordu. Nakit parayı çantasına koyar koymaz güven kazanarak rastgele yürümeye başladı, için için o ana kadar en fazla korktuğu şeyi istiyor, şantajcısıyla karşılaşmayı umuyordu. Hava yumuşaktı, evlerin üzerine güneş vurmuştu. Beyaz bulutları gökyüzünde hızla sürükleyen rüzgârın canlılığı insanların ritmini de etkilemiş gibiydi; kasvetli, sıkıcı kış günlerinden sonra daha hafif, daha çevik adımlarla yürüyorlardı. Irene, bu canlılığı kendi içinde de bir parça hissetmekteydi. Dün uçar gibi yakaladığı ve bir daha titreyen elinden bırakmadığı ölüm fikri birden müthiş büyümüş, duyularını köreltmişti. Karşısında evler pırıl pırıl parlıyor, arabalar hızla geçiyor, insanlar gülüyorlardı ve içinde kanın baş döndürücü akışını hissediyordu; sefil bir kadının edeceği bir söz bütün bunlara son verebilir miydi? Bir sözcük, çarpan kalbinde bütün dünyanın alevlendiği o sonsuz ateşi söndürebilir miydi?

Irene durmadan yürüdü, ama artık başı eğik değildi, aksine duyuları açıktı, uzun zamandır aradığı şeyi bulmanın şevkiyle doluydu neredeyse. Av, şimdi avcısını arıyordu ve kovalanan zayıf hayvan artık kaçış olmadığını anladığında nasıl çaresizliğin azmiyle aniden arkasına dönüp takipçisinin karşısına dikilip mücadeleye hazırlanırsa, Irene de şimdi işkencecisiyle yüz yüze gelmek ve yaşam dürtüsünün ümitsiz durumda olanlara verdiği son güçle kavga etmek istiyordu. Şantajcının çoğunlukla pusuya yattığı evinin çevresinde kasten oyalandı, hatta bir keresinde bir kadının giyimini ona benzettiğinde hızla o tarafa geçti. Artık uğruna mücadele ettiği şey yüzük değildi, yüzüğü bulmak erteleme olacaktı, özgürleşmek değil; Irene için bu karşılaşma, yüksek bir merciin vereceği bir ölüm kalım kararı gibiydi. Fakat kadını hiçbir yerde göremedi. Koca şehrin sonsuz karmaşası içinde fare gibi bir deliğe girip ortadan kaybolmuştu. Bu beyhude arayışa yemekten sonra yeniden başlamak üzere, hayal kırıklığı içinde, ama ümidini koruyarak öğlen eve döndü. Öğleden sonra tekrar sokakları arşınlamaya başladı, kadını bu sefer de bulamayınca neredeyse unutmuş olduğu o dehşet içinde yeniden yükseldi. Irene'yi tedirgin eden artık ne kadındı ne de yüzük, mantıkla kavranacak gibi olmayan bütün bu rastlantılardaki ürpertici gizem onu huzursuz ediyordu. Bu kadın sanki büyü yardımıyla ismini ve evinin yerini öğrenmişti, hangi saatte ne yaptığını, evindeki akışı biliyordu, hep en tehlikeli ve en ürkütücü anlarda gelmiş ve şimdi onu görmeyi en istediği anda ortadan kaybolmuştu. Sokakların kalabalığı içinde bir yerlerdeydi, kendi istediği zaman yakınlaşıyor, arandığı zaman sırra kadem basıyordu, tehlikenin bu şekilsizliği, şantajcının yaşamına bu denli yakın olup yine de ulaşılamayışı, gücü tükenen Irene'yi giderek mistikleşen bir korkuya sürükledi. Daha yüce güçlerin felaketi için şeytanca bir işbirliğine girdiklerini sanıyor, bunca yıkıcı rastlantının üst üste gelmesiyle güçsüzlüğünün alaya alındığına inanıyordu. Aynı caddede asabi adımlarla bir aşağı bir yukarı gidip gelmeyi sürdürdü. Bir fahişe gibi, diye geçti aklından. Fakat kadına hâlâ rastlamamıştı. Ne var ki Irene'yi tehdit edercesine akşam karanlığı çöktü, erken başlayan ilkbahar akşamı gökyüzünün parlak renklerini soldurmakta, gece hızla yaklaşmaktaydı. Sokak lambaları yanmaya, insan kalabalığı hızla evlerine çekilmeye başlamıştı, caddelerdeki canlılık karanlık bir akıntı gibi silinmekteydi. Son birkaç tur daha attı, son bir umutla sokağı tekrar taradı, sonra evine yöneldi. Üşüyordu.

Bitkin bir halde yukarı çıktı. Yan tarafta çocukları yatırdıklarını duydu, fakat onlara iyi geceler dilemekten, vedalaşırken sonsuzluğu düşünmekten kaçındı. Hem şimdi onları görmenin ne anlamı vardı? Neşeli öpücüklerindeki katıksız mutluluğu, aydınlık yüzlerindeki sevgiyi mi hissedecekti? Çoktan yitirmiş olduğu bir sevinci hatırlayıp niçin kendine eziyet edecekti ki? Dişlerini sıktı, hayır, artık yaşama dair hiçbir şey hissetmek istemiyordu, bir anda darmadağın edecek olduktan sonra onu pek çok anıya bağlayan iyiliği ve güzelliği hissetmek istemiyordu artık. Şimdi sadece tiksinç olanı, çirkin, bayağı olanı düşünmek istiyordu; felaketini, şantajcıyı, rezaleti, onu uçuruma sürükleyen şeyleri düşünmek istiyordu.

Bu bunaltıcı düşünceleri ve yalnızlığı kocasının eve gelişiyle bölündü. Karısına muhabbetle yaklaşmaya, neşeli bir sohbet açmaya çalıştı, pek çok soru sordu. Irene onun bu ani ilgisinin ardında belli bir gerginlik olduğunu tahmin edebiliyordu, fakat geçen akşamı hatırlayarak direnç gösterdi. İçindeki bir korku, sevginin bağlayıcılığından, şefkatin engelleyiciliğinden uzak durmaya zorluyordu

Irene'yi. Kocası direncini bir şekilde hissetmiş ve kaygılanmış gibiydi. Irene ise kocasının yeni yakınlaşma girişimlerinde bulunacağından korkarak erkenden iyi geceler diledi. "Sabaha görüşürüz," dedi kocası. Irene odasına çekildi.

Yarın, ne kadar yakın ve ne kadar sonsuzca uzaktı. Uykusuz geçecek gece gözüne müthiş uzun ve karanlık görünüyordu. Sokaktaki sesler giderek azaldı, odadaki yansımalardan dışarıdaki ışıkların söndüğünü anladı. Bazen diğer odalardaki bildik solukları, çocuklarının, kocasının ve hem çok yakın hem çok uzak o çoktan yitmiş dünyanın soluklarını hissedebildiğini sanıyordu; ama aynı zamanda, doğadan veya çevresindeki şeylerden değil de, içinde gizemle çağıldayan bir kaynaktan yükselirmiş gibi gelen, isimsiz bir suskunluk hissediyordu. Kendini sonsuz sessizlikten bir tabutun içinde, gökyüzünün tüm karanlığını da göğsünde hissediyordu. Bazen saatin vurduğunu duyuyor, gece biraz daha kararıyor, cansızlaşıyordu ve Irene ilk kez bu sonsuz, bomboş karanlığın anlamını kavradığını hissediyordu. Artık vedalaşma ve ölüm üzerine düşünmüyordu, sadece bunu nasıl olabildiğince çocuklara hissettirmeden ve kendisi de dikkat çekmenin utancından uzak kalarak gerçekleştirebileceği üzerine kafa yoruyordu. Ölüme götüreceğini bildiği bütün yolları, kendini yok etmenin bütün olasılıklarını aklından geçirdi, sonunda uyku uyutmayacak kadar ağrılı bir hastalık geçirdiğinde doktorun morfin yazmış olduğunu hatırladı. Küçük bir şişenin içindeki bu tatlımsı acı zehri damla damla kullanmıştı, hepsinin alınması halinde insanı uyutarak ölüme götürmeye yeteceğini söylemişlerdi. Ah, sürekli izlenerek yaşamaktan kurtulmak, nihayet huzur bulmak, sonsuza kadar huzur bulmak, artık yüreğinin üzerinde korkunun çekicini hissetmemek! Bu uykuyla ölüme kavuşma fikri, bir türlü uyuyamayan Irene'ye çok çekici geldi, hatta şimdiden dudaklarında o saframsı tadı, duyularının yumuşacık uyuşmasını duyar gibiydi. Hemen toparlanıp kalktı ve ışığı yaktı. Şişeciği buldu, ama yarıya inmişti, bu miktarın yeterli gelmeyeceğinden korktu. Telaş içinde bütün çekmeceleri aradı ve sonunda fazla miktarda sipariş vermesini sağlayacak reçeteyi de buldu. Değeri yüksek bir banknotu katlar gibi gülümseyerek katladı, şimdi ölümü parmaklarının arasında tutmaktaydı. Soğuk bir ürpertiyle, ama yine de sakinleşmiş olarak yatağına dönerken üzerine ışık vuran aynanın önünden geçtiğinde birden kendisini gördü, üzerinde kefen gibi bedenini saran beyaz geceliğiyle hayalet gibi solgun ve gözlerinin altı çökmüş, kendi yüzüne baktı. Dehşete kapılarak ışığı söndürdü, üşüyerek yatağına girdi ve gün ağarana kadar öylece yattı.

Sabahleyin mektuplarını yaktı, ufak tefek işlerini düzene koydu, fakat çocukları ve sevdiği diğer her şeyi görmekten kaçındı. Şimdi yaşamın, hazlarıyla, baştan çıkarıcılıklarıyla kendine sarılmasını ve almış olduğu kararı yararsız bir duraksamayla zorlaştırmasını önlemek istiyordu. Sonra şansını son bir kez daha denemek üzere, şantajcıya rastlamak umuduyla sokağa çıktı. Yine durup dinlenmeden sokakları dolaştı, ama artık eskisi gibi aşırı bir gerilim içinde değildi. İçinde bir şeyler yorgun düşmüş, mücadeleye devam etme cesareti kalmamıştı. Bir görevi yerine getiriyormuş gibi bir iki saat daha yürüyüp durdu, kadın görünürlerde yoktu. Bu artık canını sıkmıyordu. Neredeyse karşılaşmak istemiyordu artık, öylesine bitkin hissediyordu kendini. İnsanların yüzlerine baktı, hepsi yabancı geliyordu, her şey ölü, bir şekilde canlılığını yitirmiş görünüyordu. Hepsi bir bakıma çoktan uzaklaşmış, yitmişti, artık ona ait değildi.

Fakat bir kez irkildi. Etrafına bakarken caddenin diğer tarafındaki kalabalığın içinde kocasının bakışlarını, onda şu son zamanlarda tanıştığı o tuhaf, sert, itici bakışları hissettiğini sanmıştı. Sıkıntıyla bakışlarını o tarafa çevirdi, fakat gördüğü siluet geçmekte olan bir arabanın arkasında kaybolmuştu. Irene, kocasının bu saatlerde hep mahkemede işleri olduğunu düşünerek kendini rahatlattı. Sürekli etrafını gözetleme gerginliği içinde saati unutmuş, öğlen yemeğine geç kalmıştı. Her zamanki alışkanlığının tersine kocası da gecikmişti, iki dakika sonra içeriye girdiğinde Irene, onun biraz heyecanlı olduğunu düşündü.

Irene şimdi akşama kaç saat kaldığını hesaplıyordu, insanın vedalaşmak için ne kadar az zamana ihtiyacı olduğunu ve yanında götüremeyeceğini bilince her şeyin ne kadar değersiz göründüğünü fark edip korktu. Üstüne bir uyku hali çöktü. Mekanik bir şekilde tekrar sokağa çıktı. Düşünmeden, sağa sola bakmadan dosdoğru yürüyordu. Bir dört yol ağzında arabacı atları son anda durdurdu. Arabanın okunun kendisine çarpmak üzere olduğunu Irene o anda fark etti. Arabacı adi bir küfür savurdu, Irene bakmadı bile. Çarpsaydı ya kurtulmuş ya da kararını uygulaması gecikmiş olurdu. Bu rastlantı onu bir zahmetten kurtarmış olabilirdi. Bitkin bir halde yoluna devam etti, böyle hiçbir şey düşünmeden, sadece içinde bir sis gibi yumuşacık yükselerek her şeyi sarmalayan, karanlık bir bitiş duygusu hissetmek iyi geliyordu.

Yürüdüğü sokağın adını görmek için tesadüfen başını kaldırdığında irkildi, dalgınlıkla yürürken rastlantı sonucu neredeyse eski âşığının evinin önüne gelmişti. Bu bir işaret miydi? Belki de ondan yardım isteyebilirdi, kadının adresini biliyor olmalıydı. Neredeyse sevinçten titredi. Bir anda bedenine tekrar can geldiğini hissetti, umut kasvetli düşüncelerini hafifletti, zihninde vızır vızır dönmeye başladılar. Genç adam şimdi kendisiyle birlikte o kadının evine gelmeli ve bu işe bir son vermeliydi. Şantajdan vazgeçmesi için onun gözünü korkutmalıydı, belki de şehri terk etmesi için bir miktar para vermek yeterliydi. Irene, zavallı adama geçenlerde o kadar kötü davranmış olduğuna üzüldü birdenbire, ama yine de yardım edeceğinden emindi. Kurtuluşunu sağlayacak bu çarenin son anda aklına gelmiş olması ne tuhaftı.

Koşarak merdivenlerden çıkıp zili çaldı. Kapıyı açan olmadı. İçeriye kulak kabarttı, kapının ardında temkinli adımlar duyar gibi olmuştu. Bir kez daha zili çaldı. Tekrar sessizlik. Tekrar içeride hafif bir tıkırtı. Sabrı tükendi ve zili aralıksız çalmaya başladı, sonuçta söz konusu olan hayatıydı.

Sonunda kapının ardında bir kıpırtı oldu, kilit gıcırdadı ve kapı hafifçe aralandı. "Benim!" dedi Irene çabucak.

Genç adam ürkmüş bir halde ancak o zaman kapıyı açtı. "Sen misin... sizsiniz demek... Hanımefendi," diye kekeledi, sıkıntı içinde olduğu belliydi. "Ben... ben... kusura bakmayın... ziyaretinizi beklemiyordum... kıyafetimi bağışlayın." Ceketsiz olduğunu kastediyordu. Gömleğinin düğmeleri yarıya kadar açıktı, yakasını da çıkartmıştı.

"Sizinle acil olarak konuşmam gerekiyor... Bana yardım etmelisiniz," dedi; hâlâ bir dilenci gibi kapı önünde bekletilmesine sinirlenmişti. Sonra asabi bir sesle ekledi: "Beni içeriye alıp beş dakikanızı ayırmayacak mısınız?"

"Buyurun," diye mırıldandı eski âşığı ve yan gözle içeriye baktı sıkıntıyla. "Yalnız... şey... bilmiyorum..."

"Beni dinlemek zorundasınız. Bu sizin suçunuz zaten. Bana yardım etmek göreviniz... Yüzüğümü geri almalısınız, bunu yapmalısınız... ya da en azından bana onun adresini söyleyin... Sürekli beni izliyordu, ama şimdi ortada yok... bunu yapmak zorundasınız, duyuyor musunuz beni, yardım etmek zorundasınız."

Genç adam Irene'ye bakıp kalmıştı. Soluk soluğa darmadağınık laflar ettiğini ancak fark ediyordu.

"Ah elbette... siz bilmiyorsunuz... Metresiniz, yani eski metresiniz olacak kadın, beni bir kez evinizden çıkarken gördü, o zamandan beri beni izliyor ve şantaj yapıyor... bana öldüresiye eziyet ediyor... Şimdi de yüzüğümü aldı, bu yüzüğü mutlaka geri almalıyım. Akşama kadar almış olmalıyım, bu akşam geri alacağımı söylemiştim evde... Yardım edeceksiniz, değil mi?"

"Fakat... fakat ben..."

"Yardım etmek istemiyor musunuz?"

"Fakat ben kadın filan tanımıyorum. Kimden söz ettiğinizi anlamıyorum. Şantajcılarla hiçbir zaman ilişkim olmadı." Bunları neredeyse kaba bir tonda söylemişti.

"Demek... onu tanımıyorsunuz. Demek ki uyduruyor. Ama sizin isminizi biliyor, benim evimi biliyor. Belki şantaj yaptığı da doğru değildir. Belki ben uyduruyorumdur."

Tiz bir sesle güldü Irene. Adam tedirgin olmuştu. Bir an için aklından Irene'nin çıldırmış olabileceği geçti, gözleri bir tuhaf parlıyordu. Davranışları tutarsız, sözleri saçmaydı. Adam ürkerek etrafına baktı.

"Sakin olun lütfen... hanımefendi... sizi temin ederim ki yanılıyorsunuz. Böyle bir şey mümkün değil... hayır... anlamıyorum. Ben bu türden bir kadın tanımıyorum. Kısa bir süredir burada yaşıyorum, biliyorsunuz ve iki kadın tanıdım, ikisi de bu tür kadınlardan değildi. İsim vermek istemiyorum... ama... ama bu o kadar gülünç ki, bir yanlışlık olduğuna eminim."

"Yani bana yardım etmeyecek misiniz?"

"Fakat elbette... elimden gelirse eğer."

"O halde... benimle gelin. Birlikte ona gidelim..."

"Kime... kime gidelim?" Irene kolundan kavrayınca adam yine onun çıldırmış olduğundan korktu.

"O kadına işte... gelecek misiniz, gelmeyecek misiniz?"

"Elbette... elbette gelirim." Irene ısrar ettikçe adamın kuşkusu artıyordu. "Elbette... elbette..."

"Demek geliyorsunuz... benim için ölüm kalım meselesi bu!"

Adam gülmemek için kendini tuttu. Sonra birden ciddileşti.

"Bağışlayın hanımefendi... ama şu an mümkün değil... İçeride piyano dersi veriyordum... şimdi yarım bırakamam."

"Demek öyle," diyerek keskin bir kahkaha attı Irene, "demek piyano dersi veriyorsunuz... üzerinizde gömlek... düğmeleriniz açık... Ne yalancıymışsınız." Sonra aniden aklına gelen bir fikirle ileri atıldı. Adam onu engellemeye çalıştı. "Yoksa o şantajcı burada mı, yanınızda mı? Demek ortak çalışıyorsunuz. Benden koparttığı her şeyi paylaştınız belki de. Onu bir elime geçireyim. Artık hiçbir şeyden korkmuyorum." Irene bas bas bağırıyordu. Adam onu tuttu, ama Irene çırpınmaya başladı, kendisini kurtarıp yatak odasının kapısına atıldı.

Belli ki kapıda dinlemekte olan biri telaşla geri çekildi. Irene, tanımadığı bir kadınla karşılaşınca şaşkınlıkla bakıp kaldı, kıyafeti biraz dağınık olan kadın hemen başını çevirdi. Adam, delirmiş olduğunu düşündüğü Irene'yi tutmak ve bir felaketi engellemek için peşinden fırladı, fakat Irene hemen dışarı çıkmıştı zaten. "Affedersiniz!" diye mırıldandı. Aklı karışmıştı. Artık hiçbir şey anlamıyor, sadece tiksinti duyuyordu, bir de yorgunluk.

Adamın huzursuzluk içinde arkasından baktığını görünce bir kez daha "Affedersiniz!" dedi. "Yarın... yarın anlayacaksınız... yani... ben bile artık bir şey anlamıyorum." Onunla bir yabancıyla konuşur gibi konuşmuştu. Bir zamanlar bu insana ait olduğunu hatırlatan hiçbir şey yoktu, kendi bedenini bile artık pek hissetmiyordu. Şimdi her şey eskisinden de karmaşıktı; tek bildiği, bir yerlerde bir yalan olması gerektiğiydi. Fakat artık düşünemeyecek kadar yorgundu, ne düşünecek ne görecek hali vardı. Bir darağacı mahkûmu gibi gözleri kapalı, merdivenlerden indi.

Dışarı çıktığında sokak karanlıktı. Belki de karşıda bekliyordur, belki de son anda kurtulurum, diye aklından geçirdi. Ellerini birleştirip unutulmuş bir tanrıya dua etmesi gerekiyormuş gibi hissediyordu. Ah, sadece birkaç ay, yaza kadar birkaç ay daha satın alabilse, sonra şantajcının ulaşamayacağı o kırların, tarlaların arasında huzur içinde yaşayabilirdi, sadece bir yaz daha yaşamak istiyordu, ama öylesine dolu dolu ki, bütün bir yaşamın yerini tutacak kadar. Artık kararmakta olan sokağı heyecanla gözledi. Ötedeki evlerden birinin girişinde bir siluet gördüğünü sandı, fakat yaklaştığında içeriye doğru çekilip kayboldu. Bir an için kocasını anımsatmıştı. Sokakta aniden onu veya bakışlarını hissettiği korkusuna bugün ikinci kez kapılıyordu. Ancak bundan tereddütsüz emin olamadı. Zaten gördüğü siluet gölgelerin içinde gözden kaybolmuştu. Tedirgin, yürümeye devam etti, arkasından bakan birinin bakışları ensesini yakıyormuş gibi tuhaf bir gerginlik duygusu içindeydi. Bir kez dönüp arkasına da baktı, ama görünürde kimseler yoktu.

Eczane uzak değildi. Hafiften ürpererek içeriye girdi. Kalfa reçetesini alıp hazırlamaya koyuldu. Irene o bir dakika içinde her şeyi gördü: Pırıl pırıl teraziyi, ufacık dirhemleri, küçük etiketleri, sonra üst raflarda sıralanmış, yabancısı olduğu Latince isimli bitki özlerini gördü, fark etmeden isimlerini içinden heceledi. Saatin tıkırtısını, havadaki değişik kokuyu, eczaların kendine özgü o tatlımsı-yağlı kokusunu algılıyordu. Çocukken hep eczane alışverişlerini kendisi yapmak için annesinden izin istediğini hatırladı birden, çünkü bu kokuyu severdi ve raflardan göz kırpan o tuhaf kavanozları seyretmekten hoşlanırdı. O arada dehşetle annesiyle vedalaşmayı unutmuş olduğunu hatırlayınca zavallı kadın için çok üzüldü. Ne kadar sarsılacağını düşündü korkuyla, ama kalfa yuvarlak bir kavanozdan aldığı berrak damlaları mavi bir şişeciğe aktarmaya başlamıştı bile. Yakında damarlarına yayılacak olan ölümün bir şişeden daha küçük olan bir diğerine geçişini sabit bakışlarla izlerken bütün bedeninin buz kestiğini hissetti. Anlamsızca, hipnoza girmiş gibi, doldurduğu şişeciğin tıpasını takıp o tehlikeli tüpün üzerine etiket yapıştıran kalfanın parmaklarını izledi. Dehşet verici düşünceler Irene'nin bütün duyularını kilitleyip felçleştirmişti.

"İki kron lütfen," dedi kalfa. Irene dalgınlığından sıyrılıp etrafına yadırgayarak baktı. Sonra para çıkartmak için mekanik hareketlerle çantasına uzandı. Hâlâ rüyada gibiydi, paralara ayırt edemeden bakıyor, sayarken elinde olmadan duraksıyordu.

O anda birinin heyecanla kolunu kenara ittiğini ve madeni paranın cam tezgâhın üzerinde şıngırdadığını algıladı. Yanından bir el uzanarak şişeciği aldı.

İster istemez dönüp baktı. Bakışları sabitleşti. Karşısında sımsıkı kenetlenmiş dudaklarıyla kocası duruyordu. Benzi solmuştu, alnında ter damlacıkları parlıyordu.

Irene bayılmak üzere olduğunu hissederek masaya tutunmak zorunda kaldı. Birden sokakta gördüğü adamın da, az önce kapı girişine sinen gölgenin de o olduğunu anladı, bunu daha o zaman sezmiş, ama kafası karışmıştı.

"Gel," dedi kocası sıkıntılı ve boğuk bir sesle. Irene donuk bir şekilde ona baktı ve içinden, bilincinin derin, ağır dünyasında, kocasının sözünü dinleyişine şaştı. Adımlarını algılamadan onun yanında yürüyordu.

Yan yana karşı kaldırıma geçtiler. İkisi de birbirine bakmıyordu. Şişe hâlâ kocasının elindeydi. Bir kez durup alnındaki teri sildi. Irene de kendi istemeden, farkına varmadan adımlarını yavaşlattı. Fakat kocasına bakmaya cesaret edemedi. İkisi de tek sözcük etmiyor, aralarında sokağın gürültüsü dalgalanıyordu.

Eve vardıklarında Fritz merdivende Irene'yi öne geçirdi. Fakat yanından çekilir çekilmez Irene sendelemeye başladı. Durup tutundu. O zaman kocası onu kolundan tuttu. Irene bu dokunuşla irkilerek son basamakları daha hızlı çıktı.

Odasına doğru gitti. Kocası da onu izledi. Duvarlara karanlık parıltılar vurmuştu, eşyalar pek seçilmiyordu. Hâlâ hiçbir şey söylemiyorlardı. Fritz, şişenin paketini yırttı, açıp içindekini de boşalttıktan sonra şişeyi şiddetle bir kenara fırlattı. Irene şangırtıyı duyunca büzüldü.

Suskunluklarını sürdürdüler. Irene, Fritz'in kendini güç tuttuğunu bakmadan da hissediyordu. Sonunda kocası ona yaklaştı. İyice, iyice yakınına geldi. Irene onun soluğunun ağırlığını hissediyor, sabit ve bulanık bakışlarıyla karanlığın içinde kıvılcımlanan gözlerinin parıltısını seçiyordu. Öfkesinin her an patlamasını, kendisini kabaca kavrayıp hırpalamasını bekleyerek titriyordu. Irene'nin kalbi hareketsizdi, sadece sinirleri aşırı gergin yay gibi titriyordu; her şeyiyle cezasını bekliyor ve öfkesinin patlaması için neredeyse sabırsızlanıyordu. Fakat kocası hâlâ susuyordu ve Irene sonsuz bir hayretle onun kendisine şefkatle yaklaştığını hissetti. "Irene," dedi, sesi tuhaf bir yumuşaklıkta çıkıyordu. "Birbirimize daha ne kadar işkence edeceğiz."

Irene aniden boşaldı, çırpınarak, şiddetle sarsılarak, uzayıp giden tek bir hayvansı çığlık kopardı; bütün o haftaların zorla bastırılmış, biriktirilmiş hıçkırıkları nihayet çözülmüştü. Öfkeli bir el Irene'yi içinden kavramış şiddetle sarsıyordu sanki; sarhoş gibi yalpalıyordu, kocası tutmamış olsaydı devrilecekti.

"Irene," diyerek onu sakinleştirmeye çalıştı, "Irene, Irene." Sanki sözcüğün giderek sevecenleşen tınısı, Irene'nin kasılmış sinirlerinin umutsuzca isyanını bastırabilirmiş gibi karısının ismini giderek daha hafif, daha yatıştırıcı bir sesle tekrarlıyordu. Fakat yalnızca hıçkırıklarla ve karısının tüm bedeninde dolaşan azap dalgalarıyla karşılık alıyordu. Titremeler içindeki kadını götürüp divana yatırdı. Ama hıçkırıkları durulmuyordu. Ağlama krizi tüm uzuvlarını elektrik verilmiş gibi sarsıyordu, Irene'nin acılar içindeki bedeninden ürperten buz gibi dalgaların geçtiği belli oluyordu. Haftalardır katlanılmaz ölçüde gerilmiş sinirleri artık çözülmüş, müthiş bir azap hissiz bedenini talan etmeye başlamıştı.

Kocası, Irene'nin tir tir titreyen bedenine büyük bir heyecanla sarıldı, soğumuş ellerini tuttu, önce yatıştırırcasına, sonra denetimini kaybetmiş gibi korku ve tutkuyla elbisesini, ensesini öpmeye başladı; fakat karısının büzülüp kalmış bedeni hâlâ yırtılır gibi seğiriyor, içinden nihayet setlerini yıkan hıçkırık dalgaları boşanıyordu. Karısının gözyaşlarıyla yıkanan soğumuş yüzüne dokundu, şakaklarında atan damarları hissetti. Tarifsiz bir korkuya kapıldı. Yüzüne daha yakınlaşarak konuşmak için diz çöktü.

Durup durup karısına dokunuyor, ismini söylüyordu. "Irene," diyordu, "niçin ağlıyorsun... Şimdi... şimdi... her şey geride kalmışken... Niçin hâlâ kendine eziyet ediyorsun... Artık korkmana gerek kalmadı... O kadın bir daha gelmeyecek, asla..."

Irene'nin bedeni tekrar sarsılınca kocası onu iki eliyle birden sıkıca tuttu. Azap içindeki ruhunu paralayan o çaresizliği hissettiğinde, sanki onu katleden kendisiymiş gibi bir korku duydu içinde. Durup durup karısını öpüyor, karmakarışık sözcüklerle kekeleyerek özür diliyordu.

"Hayır... bir daha asla... sana yemin ediyorum... bu kadar çok korkacağını tahmin edemezdim... seni geri çağırmak istemiştim sadece... görevlerini hatırlamanı istemiştim... onu sonsuza kadar bırakmanı... bize geri dönmeni istemiştim... bir rastlantıyla durumu öğrendiğimde başka çare bulamadım... yüzüne karşı söyleyemezdim... ben... ben hep geri döneceğini düşündüm... o zavallı kadını o yüzden ben gönderdim... seni ondan uzaklaştırsın diye... biçarenin biri, işsiz bir oyuncudur o... bu işi gönülsüz kabul etti, ama ben istedim... şimdi haksızlık etmiş olduğumu görüyorum... ama geri dönmeni istiyordum... hazır olduğumu... bağışlamaktan başka bir şey düşünmediğimi... hep hissettirdim sana, ama sen anlamadın... fakat... fakat bu kadar ileri gitmek istemezdim... bu olanları görünce ben daha fazla acı çektim... senin her adımını izledim... sırf çocuklar için... anlıyorsun değil mi, onlar için seni zorlamak istedim... ama artık hepsi bitti... şimdi her şey düzelecek..."

Irene sonsuz bir uzaklıktan, yakınında çınlayan birtakım boğuk sözcükler geldiğini duyuyor, ama hiçbirini anlamıyordu. Ruhunda her şeyi bastıran bir çağıltı, içinde her duygunun söndüğü bir algı karmaşası vardı. Teninde dokunuşlar, öpüşler, okşamalar ve artık soğumuş olan kendi gözyaşlarını hissediyordu. Fakat damarlarında kanı uğultuyla, boğuk ve tehditkâr gürleyerek akıyor, taşkınca kabararak çılgın çanlar gibi gümbürdüyordu.

Sonra gözlerinin önünde her şey netliğini yitirdi. Baygınlığından sıyrılırken giysilerini üzerinden çıkarttıklarını hissetti, kat kat bulutlar arasındaymış gibi kocasının sevecen ve kaygılı yüzünü gördü. Ardından derin karanlıklara gömüldü, uzun zamandır özlemini çektiği koyu, rüyasız bir uykuya daldı.

Ertesi sabah gözlerini açtığında odası aydınlıktı. Aydınlığı kendi içinde de hissetti, bulutlardan arınmış, fırtına kanını temizlemişti. Neler olduğunu hatırlamaya çalıştı, fakat her şeyi bir rüyada gibi görüyordu hâlâ. Zonklayan algılarıyla gerçekdışı, hafif ve özgür, uykuda süzülerek yürüyormuş gibi geliyordu Irene'ye, gerçekten uyandığından emin olmak için ellerini yokladı.

Aniden irkildi, yüzük parmağında ışıldıyordu. Bir anda tamamen uyanıverdi. Yarı baygınken duyup duymadığından emin olamadığı karmakarışık sözcükler, önceden belli belirsiz sezdiği, ama düşünceye ve şüpheye dönüştürmeye cesaret edemediği hisler, hepsi birbirine bağlanarak birden berrak bir bütünlük kazanıverdi. Irene ansızın her şeyi kavradı, kocasının sorularını, âşığının şaşkınlığını şimdi anlıyordu, bütün ilmekler çözüldü ve içine düşmüş olduğu dehşet ağını gördü. Hem öfkeye hem utanca kapılmış, sinirleri tekrar titremeye başlamıştı, o rüyasız ve korkusuz uykudan uyandığına neredeyse pişman olacaktı.

O sırada yan odadan gülüşmeler duyuldu. Çocuklar kalkmış, yeni doğan güne uyanan kuşlar gibi cıvıldıyorlardı. Irene oğlanın sesini açıkça tanıdı ve babasının sesine ne kadar benzediğini ilk kez fark ederek şaşırdı. Dudaklarında hafif bir gülümseme uçuşarak orada kaldı.

Yaşamını ve şimdi mutluluğunu da oluşturan bütün bu şeylerin tadına daha derinden varmak için gözleri kapalı yatmaya devam etti. İçinde hâlâ acıyan bir yer vardı, ama iyi şeyler vaat eden bir acıydı bu, tamamen kapanmadan önce kabuk tutarken yanan yaralar gibi sıcak, ama yumuşak bir acı.